TONI BRANDÃO

Os Raios

CB027100

TONI BRANDÃO

Os Raios

Ilustrações
MAURICIO NEGRO

São Paulo
2021

© **Antônio de Pádua Brandão, 2017**
1ª Edição, Global Editora, São Paulo 2021

Jefferson L. Alves – diretor editorial
Flávio Samuel – gerente de produção
Juliana Campoi – coordenadora editorial
Deborah Stafussi e Carina de Luca – revisão
Eduardo Okuno – projeto gráfico
Mauricio Negro – ilustrações e capa
Fabio Augusto Ramos – diagramação

Obra atualizada conforme o
NOVO ACORDO ORTOGRÁFICO DA LÍNGUA PORTUGUESA

Dados Internacionais de Catalogação na Publicação (CIP)
(Câmara Brasileira do Livro, SP, Brasil)

Brandão, Toni
   Os raios / Toni Brandão ; ilustração Mauricio Negro. – 1. ed. – São
Paulo : Global Editora, 2021. – (Viagem Sombria ; 3)

   ISBN 978-65-5612-103-1

   1. Ficção – Literatura infantojuvenil 2. Literatura infantojuvenil I.
Negro, Mauricio. II. Título. III. Série.

21-57877   CDD-028.5

Índices para catálogo sistemático:
1. Ficção : Literatura infantojuvenil 028.5
2. Ficção : Literatura juvenil 028.5

Aline Graziele Benitez - Bibliotecária - CRB-1/3129

Direitos Reservados

global editora e distribuidora ltda.
Rua Pirapitingui, 111 – Liberdade
CEP 01508-020 – São Paulo – SP
Tel.: (11) 3277-7999
e-mail: global@globaleditora.com.br

 globaleditora.com.br   /globaleditora

 blog.globaleditora.com.br    /globaleditora

 /globaleditora    /globaleditora

 /globaleditora

Colabore com a produção científica e cultural.
Proibida a reprodução total ou parcial desta obra
sem a autorização do editor.

Nº de Catálogo: **4371**

Para minha afilhota Ana Clara!

grito suspenso

Tudo quieto. Trêmulo. Assombrado. Os barus, as mutambas, os pequizeiros, todas as árvores retorcidas do cerrado. As antas, as queixadas, os guarás e todos os bichos barulhentos.

As águas. As pedras corroídas. As ruas de terra ácida. Tudo desconexo. Ninguém entende nada. O ar está eletrizado. A noite, inflamável. O dia, pronto a explodir.

O céu coalhou de nuvens de chumbo de uma chuva que não cai. Tem sido assim nos últimos dias, depois da tragédia. Está tudo em uma pausa sinistra, como um grito suspenso.

Ninguém do vilarejo encontra outras palavras que ajudem a nominar o que aconteceu, está acontecendo e, o que é pior, o que ainda está suspenso por acontecer.

O medo deixa os nervos à flor da pele. Qualquer pedaço de sorriso vira provocação. Toda troca de olhar é motivo para enfrentamento.

Tem um silêncio ensurdecedor suspenso no ar. Ninguém tem coragem de dizer o que está pensando: as crianças barrigudas lentamente contaminadas pelos agrotóxicos jogados no rio; os caboclos sujos de barro seco que trabalham nas fazendas de soja; as grisalhas rezadeiras despenteadas pelas rajadas de vento que ninguém sabe de onde está vindo; os defuntos que estremecem e se carbonizam um pouco em sua lenta decomposição no cemitério, a cada novo raio da tempestade que nunca desaba.

Ninguém tem coragem de pensar no que os assombra, tira o sono e transforma seus sonhos em pesadelos.

O vazio é claustrofóbico. O ar machuca. O sangue ferve. Tudo está fora de lugar, desde que as trágicas notícias começaram a chegar.

O delegado Vinicius e o Dr. Hercílio, o maior fazendeiro da região, foram estraçalhados pelos lobos? Primeiro, disseram que sim. Depois ficou-se sabendo que não, que foram os *dobermanns* do fazendeiro que fizeram o serviço.

E onde estavam os seguranças da fazenda, que não controlaram os cachorros? Falaram que foi tudo muito rápido, que não deu tempo nem de piscar.

É possível cachorros estraçalharem dois homens adultos em um piscar de olhos?

Mas por que o delegado estava na fazenda, quando ele deveria estar acompanhando o médico que levaria Lia de ambulância até a capital?

Ninguém sabe.

Quem foi o primeiro a ver a ambulância pegando fogo, abandonada, na beira da estrada?

Ninguém sabe também.

E o Billy, o médico responsável pelo transporte de Lia? Sumiu? Como assim? Como é que um médico some?

E Caio, o encrenqueiro dono da agência de turismo ecológico, onde foi parar?

Cadê o circo? Como o circo que nem chegou a estrear foi embora na mesma noite da tragédia?

Às vezes, pedaços dessas perguntas, disparadas às escondidas, escapam de bocas trêmulas. Poucas palavras. São mais olhares, saindo pelas janelas descascadas, dobrando esquinas assombradas, entrando pelos bares embriagados, se perdendo na escuridão muda do mato seco e que, quando batem de volta nas janelas, continuam a se espalhar.

E dobram outras esquinas embriagadas. Passam de novo pelos bares assustados. Se perdem no mato novamente. E nunca encontram resposta ou alívio.

E os lobos?

Os lobos-guará estão cada vez mais atrevidos. Mais bravos. Arreganhando mais as presas, quando alguém tenta espantá-los.

Todo mundo agora vê ou inventa que viu lobos-guará andando na beira da estrada, entrando nos quintais, revirando lixos, atacando galinheiros, roçando as portas das casas com os focinhos.

É depois que o sino da igreja bate oito horas que eles começam a aparecer.

A badalada das oito virou um tipo de toque de recolher. Quase ninguém mais tem coragem de sair.

O que os lobos querem? Só comida? Tem gente dizendo que eles estão, aos poucos, tomando conta do vilarejo.

E a Lia? O que ela tem com isso? Parece que viram Lia andando pelo mato, junto com os lobos.

Andando? Como gente? Ou como bicho? Uns dizem que é como gente, com os cabelos arrepiados, olhos vidrados, babando pelos cantos da boca. Uivando pra lua.

Outros falam que ela estava andando com os braços e pernas, de quatro, magra que nem uma doença, com os cabelos crescendo pelo corpo como pelos, com as orelhas ficando pontudas, com os dentes afiados, o nariz virando focinho.

E a dona Cida? O que a madrinha de Lia, que criou a menina desde pequena, sabe sobre isso? O que ela acha disso tudo?

Difícil saber. Dona Cida não diz nada. Nem chorar ela chora. Tem gente até dizendo que ela é bruxa e que foi a própria dona Cida quem soltou a Lia para os lobos. Bruxa? Justo dona Cida? Tão devota? Depois que Lia desapareceu, dona Cida fechou as janelas de sua casa, as estreitas portas do bar onde ela servia o arroz de pequi, prato típico que atraía multidões, e emudeceu. Não sai de casa, nem pra ir rezar. Não recebe quase ninguém. E quando recebe, pouco ou nada fala.

Estranho ela não ter dado queixa do sumiço de Lia. Se bem que todo mundo sempre soube que Lia era de sumir. De evaporar. De tentar escapar da vida pacata do vilarejo. Lia sempre esteve lá como quem estava de passagem, como quem queria ir embora. Será que é por isso que a madrinha dela ficou quieta?

A ambulância em que Lia estava pegou fogo, mas não acharam corpo nenhum.

Estranho as investigações sobre as mortes, os sumiços e o incêndio da ambulância terem durado tão pouco. Ninguém tem coragem de perguntar por quê.

A cidade, o vilarejo, toda a região... todo mundo sempre soube que o delegado e aquele fazendeiro não eram "flor que se cheire".

Todo mundo também se lembra de que a maldição sobre o vilarejo começou antes, quando os lagos da caverna dos índios transbordaram e mataram Guilherme, o herdeiro do Dr. Hercílio, antigo dono da agência de turismo que agora é de Caio.

Mas ninguém consegue falar sobre isso. Todo mundo tem medo. Melhor esperar para ver onde as coisas vão dar. É melhor ficar quieto.

um

– Caio!

Sim, o corpo do garotão queimado de sol, com juba e barba negras, que Sandra vê encolhido e mergulhado no mundo dos sonhos, na cama, no quarto ao lado do seu, é o corpo de Caio. Disso, ela não tem dúvida. Caio e Sandra são irmãos; disso, ela também não tem dúvida.

– Caio?

Agora, a expressão de medo de um talvez pesadelo e a falta dos músculos que sempre causaram filas de suas amigas querendo visitar sua casa para, quem sabe, tirar uma casquinha da companhia de seu irmão gato... A falta de músculos e o excesso de medo fazem Sandra duvidar se aquele era mesmo o irmão que ela não via pessoalmente há...

"Sei lá, uns três meses?"

... e Sandra fica intrigada, preocupada, assustada.

Tanto que a primeira reação dela é manobrar a cadeira de rodas e sair de mansinho do quarto, para adiar a constatação que ela já temia, pelas conversas que vinha tendo ultimamente com Caio, pelo celular, enquanto ele insistia em permanecer encravado no fim do mundo.

Por "fim do mundo" entenda-se o vilarejo no interior do cerrado, onde funciona a agência de turismo ecológico que pertence aos dois e que Caio vinha tocando com algum sucesso.

Quando se empenha, Caio costuma ter sucesso no que faz. O problema é ele se empenhar. Mas isso é outro assunto.

– Espera aí, Sandra.

Tarde demais para Sandra debandar. Caio começa a acordar.

– Dorme.

– Espera.

– Depois a gente se fala, Caio.

– Tá com medo de mim?

Sorte de Sandra que, ao ouvir essa pergunta, ainda está indo em direção à porta do quarto, de costas para o irmão. Senão, ela teria de dividir com ele o susto que levou ao constatar que Caio estava certo: Sandra ficou com medo do que viu.

O Caio que voltou em quase nada lembra o Caio que foi.

– Que saudade, irmãzinha!

Ainda que ensonado, Caio sabe que caberá a ele se levantar e ir até sua irmã materializar a saudade que acabou de dizer que está sentindo.

– Opa...

Mal levanta, Caio quase cai. O quarto em volta dele começa a rodar. Ele tem que se apoiar nos braços da cadeira de rodas de Sandra para não cair.

– ... eu não deveria ter levantado assim tão rápido.

Caio já consegue simular algum tipo de normalidade.

– Eu vim de montanha-russa! Ontem, a turbulência estava brava. O avião sacudiu a viagem inteira.

Sandra sabe que não é nada disso. Caio sabe que ela sabe. Mas um não precisa dizer ao outro o que sabe; está posto.

Sandra resolve brincar...

– Aquecimento global, Caio.

Brincar?

– O mundo tá quente.

Agora sim, Caio consegue dar um abraço e um beijo em Sandra.

– Que bafo, Caio.

Antes de continuar, Caio senta-se na beira da cama. A tontura diminuiu, mas ainda está desestabilizado pelo precário equilíbrio dele.

– Que horas você chegou?

– Duas e meia.

– Devia ter me chamado.

– Eu sei que você acorda cedo para ir à faculdade, não quis incomodar.

– Se liga, hoje é sábado.

– Que horas são?

– Meio-dia e quinze.

Coçando um canto da barba, perto da orelha esquerda, Caio vai encaixando em sua mente as outras peças daquele tabuleiro de equilíbrio tão precário quanto o dele, nesse momento.

– Tá tudo bem por aqui, Sandra?

– De onde você tirou essa ideia?

– Ele?

– Não só.

– Ela também?

– Pra dizer a verdade, a mamãe anda mais chata do que o papai.

– Não acredito. Ela desceu do pedestal?

– Estou começando a achar que a mamãe me ignorando, nos ignorando... é bem melhor do que essa nossa versão interativa e sem cortes. Quem sabe, com a chegada do queridinho dela, a mamãe me dê mais sossego.

– Eu despisto a mamãe de você e você despista o papai de mim. Fechado?

Antes de falar, Sandra projeta no rosto uma expressão de aborrecimento cheia de curvas.

– Não vai ser fácil.

– Nunca foi fácil.

– Vinha sendo...

O que Sandra quer dizer é que, depois que Caio e seu rigoroso pai tiveram uma briga homérica seguida de um entendimento shakespeariano e, aparentemente, o garoto tinha criado algum juízo e começado a trabalhar, as coisas entre eles tinham melhorado.

– Pelo visto, o papai não entendeu minha lógica.

– Era pra entender?

A lógica a ser entendida era: Caio avisou Sandra e o pai que precisaria se afastar um pouco do trabalho e que deixaria dois amigos tomando conta da agência. Por dois amigos entenda-se Tunico, um garotão caboclo da região, e o Juca, indígena e um dos guias e uma espécie de gerente.

– É só por um tempo, acho que alguns dias, Sandra.

O silêncio de Sandra mostra que a pseudoexplicação de seu irmão ainda não a convenceu.

– Eu estava pirando lá.

Só naquele momento Sandra percebe que Caio tem duas cicatrizes do lado esquerdo: uma no braço e outra na perna. Ela prefere não comentar.

– Isso não é novidade, cara. Você está sempre pirando. Aqui, lá, em qualquer lugar.

– Não exagera.

– Quem me dera estar exagerando.

A tentação é grande, ele precisa desabafar com alguém. Mas, mesmo assim, Caio não pretende contar à irmã os motivos que o fizeram fugir. É mais responsável ficar com fama de irresponsável.

– Espera um pouco...

A ideia que passa pela cabeça de Sandra é terrível.

– ... você não teve nada a ver com aquelas mortes, teve?

– Claro que não.

Pelas notícias que acompanhou, Sandra sabe que o delegado e o maior latifundiário da região foram atacados pelos *dobermanns* de guarda do fazendeiro, que tiveram um surto de fúria que ninguém ainda soube explicar como aconteceu. Depois de matarem três dos cachorros, os seguranças conseguiram controlar e confinar o restante da matilha nos canis da fazenda. Eles foram estudados pelos veterinários contratados pela perícia que investigou o caso e constatou-se apenas isto: um surto passageiro de fúria.

Mesmo Caio tendo negado envolvimento e Sandra ter certeza que seu irmão está falando a verdade, ela ter trazido esse assunto para a conversa deixa Caio ainda mais desconfortável.

– Você sabe alguma coisa sobre os crimes, Caio?

Pela maneira fria e objetiva como ela faz essa pergunta, Caio entende que não é só sua irmã quem quer saber isso.

– Sandra, o papai tá achando que eu vim pra casa pra me esconder?

– E você veio?

A insistente pergunta de Sandra desconecta totalmente a atenção de Caio da conversa, do quarto, da casa, da cidade... e Caio, como no sonho recorrente que vem tendo, no pesadelo que o assombra desde que tudo aconteceu, se vê trêmulo, machucado, com o *shorts* rasgado, com a camiseta suja de sangue, com os olhos vidrados, estropiado e descalço vagando pelo mato.

As coisas não são mais como eram entre Pepeu e Cris.

– A Lia foi embora com o circo.

– Tá maluca, Cris?

Está quase insuportável para a garota Cris (ex-Maria Cristina) aceitar ser tratada por Pepeu como "Cris". Ela sempre exigiu do garoto magrelo, espetado e que arrasta, sempre arrastou, todas as asas por ela, ser tratada por seus dois nomes, "Maria" e "Cristina" juntos. Ela dizia que era por uma "razão especial", que seria diferente da forma como todo mundo a chamava. Coisa de menina!

Mas as coisas mudaram. Estão mudando. Pepeu não é mais o mesmo; e disse que não vê o menor sentido em chamar a garota pelo nome completo, quando todo mundo a chama pelo apelido.

Depois que Cris fugiu e deixou Pepeu sozinho em uma perigosa aventura que eles tinham armado de viver juntos, nunca mais Pepeu confiou em Cris de verdade.

Nem o que aconteceu no final dessa aventura, que certamente ia deixar Cris mais encantada, Pepeu dividiu com a amiga de quem ele gostava muito (até demais!) e que está praticamente virando uma colega de quem ele gosta pouco (até de menos!).

Foi muito decepcionante! Cris não ignora que Pepeu anda mais cheio de si, e mais silencioso também. Se bem que todo mundo que mora no vilarejo ou na cidade ou mesmo na roça, nos sítios e fazendas da região... agora anda assim, silencioso demais.

Com todos os acontecimentos, provavelmente ninguém nunca mais será o mesmo.

– Presta atenção, Pepeu! A Lia não sumiu no mesmo dia que o circo?

Enquanto conversam, Pepeu e Cris vasculham o terreno baldio onde estava instalado o circo, que debandou há pouco mais de uma semana, sem nem ter estreado, diga-se de passagem.

Pepeu não está nada interessado em estar ali. Foi só por educação; ou por um restinho de consideração.

– Não vai adiantar nada procurar pistas aqui, Cris.

– Não me enche!

O circo foi embora na mesma manhã em que o vilarejo e a pequena cidade onde estava acordaram com mais algumas tragédias: a morte do Dr. Hercílio e do delegado Vinicius, o sumiço do médico que levaria Lia para se tratar na cidade e o sumiço da própria Lia, uma das garotas mais queridas do lugar e que estava sofrendo horrores com uma estranha doença.

– A Lia não sumiu com o circo, Cris.

– Então, onde ela está?

– Tem um monte de gente que já viu a Lia vagando pelo mato, de noite.

Pepeu está exagerando. Ele só ouviu de uma pessoa que teria visto Lia vagando pelo mato, junto com os lobos. E de uma pessoa bem pouco confiável: um dos bêbados que vivem incrustados nos bares que pipocam em cada esquina.

– Vai me dizer que você tá achando que a Lia virou loba?

– Eu não tô achando nada, Cris.

Pepeu não está achando, ele tem certeza. O garoto acompanhou praticamente todo o *making of* da transformação da exuberante, atrevida e cheia de vida Lia em uma garota quieta, arredia, violenta... e pouco a pouco tomada por um estranho mal que foi consumindo sua saúde, exuberância e alegria de viver como gente.

– Então, no que você acredita?

O garoto sabe que, se Lia ainda não virou loba, isso está por acontecer. Mas que ela está vivendo com os lobos, disso ele não tem dúvida.

– Ah, Cris... acredito que foi muito estranho o circo ir embora sem nem ter estreado.

– O circo sempre foi estranho.

Cris tem razão. E Pepeu sabe disso. Mesmo o circo não tendo sequer estreado, o garoto e Cris assistiram a pelo menos dois acontecimentos espetaculares ligados a ele.

Na verdade, só Pepeu viveu os dois momentos até o fim. Acontecimentos que, somados aos outros detalhes do que está acontecendo, Pepeu se arrepia só de lembrar: o domador do circo, que mais parecia morto do que vivo, não era "filmável" ou "fotografável"; a imagem dele não podia ser captada.

Da primeira vez, quando o encontraram por acaso no mato, Pepeu e Cris tentaram fotografar o homem, que se veste e se comporta mais como um defunto do que como um ser vivo. Ele estava vasculhando uma carcaça apodrecida de animal no mato (o que, diga-se de passagem, já é bem estranho!)... e tudo, o mato, a carcaça, as árvores... tudo foi captado pela câmera de Cris, menos o tal domador.

O outro episódio, em que Pepeu se sentiu traído, foi com o tal domador e um garotão do circo, o engolidor de espadas.

Aliás, o mesmo garotão que se encantou com Lia e a deixou encantada, no dia em que o circo chegou e desfilou pelo povoado e pela cidade.

Nesse dia, como Cris ficou com medo e deixou Pepeu sozinho, só ele acabou acompanhando até o fim a estranha cena do garotão se sentando em algo que lembra uma cadeira de dentista antiga conectada a uma espécie de radiotransmissor gigante. Depois, o domador plugou ventosas no garotão e disparou um choque que deixou o cara desacordado.

Enquanto espiava tudo de longe, Pepeu fotografou como pôde detalhes desse estranho movimento. Fotos que ele não mostrou e disse a si mesmo mais de mil vezes que NUNCA vai mostrar para Cris. Ele também não comentou com ela os detalhes do que viu acontecer depois que ela fugiu.

A maioria das fotos saíram trêmulas; mas não todas. Nas que se salvaram, mesmo sem ver o domador, dá para ver o rapaz tomando choque e o estranho equipamento.

— Tá dormindo, Pepeu?

— Eu estava pensando.

— Então, para de pensar e vamos embora. A gente não tem mais nada que fazer aqui. E já, já fica de noite.

Ao ouvir sobre a noite, Pepeu sente um arrepio. Ele anda com um estranho medo da noite.

— Vamos logo.

Perceber o medo de Pepeu deixa Cris mais dona de si.

— Tá com medo de fantasma, menino?

Sim, Pepeu tem medo de fantasmas. Só que, nesse momento, o que menos assusta Pepeu são as assombrações do além. A realidade anda muito mais perigosa.

— Medo dos lobos.

— Eu não tenho medo nenhum.

A estrada de terra por onde vão Cris e Pepeu está seca. A poeira resseca as narinas. O mato em volta está pedindo água. Os pés de baru, de jacarandá-do-cerrado, de pau-terra agonizam pela falta da chuva.

– Os lobos estão diferentes, Cris.

– Diferentes como?

Difícil Pepeu explicar em palavras o que ele acha.

– Deixa pra lá.

– Fala, menino.

– Mais... atrevidos?

Ao encaixar no lugar de suas dúvidas uma das palavras que sempre usou para definir a amiga Lia quando pensa sobre ela, os cabelos de Pepeu ficam ainda mais arrepiados.

"Será que é a Lia quem tá ensinando os lobos a serem mais atrevidos?"

– O que foi, Pepeu?

– Nada.

– Fala.

– ... e se é a Lia quem tá dominando os lobos?

– Que absurdo! Você é muito ignorante.

Pepeu não está mais disposto a aguentar as grosserias de Cris.

– Cris, até agora eu estava ouvindo suas broncas quieto...

– Mentiroso! Você não para de falar e de...

– Ah... quer saber? ME DEIXA EM PAZ!

Pepeu não grita; mas a voz dele sai com tanta segurança que faz o maior estrondo; e assusta a segurança atrevida de Cris.

– Como assim?

– Eu prefiro conversar com alguém que me entenda.

– Então, você vai ficar falando sozinho... essa sua ideia nem tem a menor lógica...

– Tá. Então me deixa quieto.

Foi o "me deixa quieto" mais "vai embora" que Cris já ouviu. Ela fica mais insegura.

– Pepeu, não faz sentido...

– Quer saber? Tchau! Não me procura mais. Esquece que eu existo. Na escola, faz que eu tô invisível igual o cara do circo... Some da minha vista!

E como ele tem certeza de que Cris não fará o que ele acaba de pedir, é Pepeu quem corre para o mato a toda velocidade, para que Cris não o alcance, e deixa a menina falando sozinha.

– Não faz assim, Pepeu!

Quando tem certeza de que não está sendo seguido por Cris, Pepeu para de correr. Ele acabou de chegar a uma outra estrada de terra, um pouco mais larga. É nesse momento que ele escuta um ronco. O ronco de uma fera turbinada. É o motor de uma 4x4 de última geração, que logo aparece na estrada. Indomável. Negra. Brilhante. Possante. Desafiadora e que completa a curva a uma velocidade que faz Pepeu pular assustado da estrada para o mato, para não ser atropelado.

– Mal-educado!

O protesto gritado de Pepeu é em vão. A fera turbinada já sumiu de novo. A única confirmação de que aquele bicho motorizado realmente passou por ali é o rastro de poeira sufocante que ele deixou.

A inesperada aparição e a velocidade foram assustadoras, mas o que mais assusta Pepeu é ele ter tido tempo de reconhecer quem estava ao volante. Uma fera bem pior do que a 4x4.

"Ela tá voltando."

– Tem certeza, madrinha?

Quem duvida de que ela tenha certeza é Tunico.

– Fica tranquilo, filho...

O que dona Cida acaba de dizer não confirma que ela tenha mesmo certeza de que prefere continuar sozinha na casa que dividia com Lia antes da garota desaparecer.

– ... meu lugar é aqui.

– A solidão assombra, madrinha.

Tunico é filho de um dos comerciantes de ferragens da região e, pode-se dizer, algo como um protótipo de namorado de Lia. Apesar do interesse dele estar totalmente focado em Lia, ela, enquanto "existia" para ele, fazia o jogo "quente-frio", "quero-não-quero", que deixava o cara maluco!

Tunico é uma mistura de um jovem caboclo magrelo e bonito e um estudante universitário pop. Ele estuda astronomia na capital, mas passa grande parte do tempo entre o povoado onde está agora e a pequena cidade, onde seu pai tem a loja. Foi quando deixava o precário hospital que existe nessa cidade que Lia desapareceu.

O rapaz também é uma das poucas pessoas a quem dona Cida se dá ao luxo de receber em seu silêncio. Tunico e o garoto Pepeu são as visitas mais frequentes.

— Eu não tenho medo de assombração, Tunico.

— Eu tenho.

— Elas não vão me tirar daqui.

— Mas podem invadir sua casa.

— Só se eu deixar.

— Tá poderosa, hein?

Pelo olhar que ela dispara, dona Cida não gostou da brincadeira de Tunico.

— E os lobos?

— O que é que têm os lobos?

— A madrinha não tem medo dos lobos invadirem?

Mal sabe Tunico que, pelo contrário, dona Cida tem é atraído os lobos com comida. E, se depender dela, ele continuará não sabendo disso.

— Os guarás não atacam gente, menino.

— A senhora combinou isso com todos eles?

— Os lobos não vão me fazer mal.

O que dona Cida está querendo mostrar, e Tunico parece fazer questão de não querer ver, é que é ali que ela pretende ficar. Por "ali", entenda-se a pequena casa nos fundos do bar onde a madrinha de Lia, de Tunico, de Pepeu (e da maioria dos garotos e garotas do vilarejo, aliás), servia o concorrido arroz de pequi e outras especialidades típicas da cozinha do cerrado aos turistas que fazem os exuberantes passeios ecológicos pelas matas e quedas-d'água da região.

— A minha mãe disse que, se a madrinha quiser passar uns tempos lá em casa, até a poeira...

Um trovão faz Tunico interromper a frase. Dona Cida entendeu o que ele quis dizer.

Logo depois do trovão, um raio ilumina o fim de tarde lá fora. Tem sido assim ultimamente: trovões e raios que não viram chuva. E parece que vai ser assim para sempre.

– ... até a poeira baixar.

– A poeira nunca vai baixar, Tunico. Quanto mais o tempo passa, mais a saudade sufoca.

O comentário de dona Cida é muito mais uma constatação do que um lamento. A voz dela não tem o mínimo sinal de abatimento. Tunico ainda faz questão de conferir os olhos de sua madrinha; nem uma lágrima. Ele ainda não viu dona Cida chorar por Lia. Nem ele e nem ninguém.

– A senhora quer estar aqui, caso a Lia...

Agora não é um raio o que faz a frase de Tunico ficar sem final. É a percepção de estar falando uma grande bobagem.

– ... desculpa, madrinha.

A saudade de Lia comprime os pulmões e sufoca a garganta de Tunico. Os olhos do garoto se enchem de lágrimas.

– Não foi nada, Tunico.

– A madrinha é quem sabe.

Entendendo que mais aquela tentativa de convencer dona Cida a não ficar sozinha foi em vão, Tunico resolve tocar seu dia adiante.

– Tá na minha hora.

Além de ajudar o pai a cuidar da loja de ferragens da cidade, Tunico está ajudando o Juca a tomar conta da agência de turismo ecológico de seu amigo Caio, que um pouco antes da tragédia dos *dobermanns* disse que precisava ir a São Paulo. Todo fim de tarde ele passa por lá, para ajudar Juca a colocar o dia em ordem.

– A sua bênção, madrinha.

– Deus te abençoe, filho.

Tunico costuma fazer os trajetos de bicicleta entre o vilarejo, a cidade, a loja de ferragens do pai e a agência de turismo de Caio.

Um final de tarde relativamente tranquilo acompanha Tunico pela estrada. Silêncio total. Nenhum pio, nenhum ronco.

"Hoje a noite vai ser boa!"

O que Tunico acaba de concluir é que, provavelmente, será uma noite estrelada, em que ele poderá se perder pelo mato com seu telescópio para espiar as estrelas.

As estrelas, os planetas, os cometas e os asteroides são a diversão preferida dele. Especialmente depois do sumiço de Lia. Mesmo com todo o clima de tensão, Tunico não abre mão de se perder pelo mato para avistar o céu. Cada vez ele se embrenha um pouco mais.

"– Tem esperança de encontrar a Lia, perdida pelo mato, virando loba?"

No dia em que Juca fez essa pergunta, Tunico não disse sim, nem não. Mudou de assunto:

"– É no meio da noite, Juca, perdido no mato, que eu me integro às estrelas."

Tunico acredita que é parte das estrelas. Uma ideia bastante simpática ao Juca, diga-se de passagem.

Quando já está pedalando há algum tempo, o celular no bolso de sua calça começa a vibrar.

– O que é, pai?

Tunico não precisou parar de pedalar para pegar o telefone e nem para atendê-lo.

– Onde você tá?

Mais do que uma pergunta, é uma bronca o que Tunico acaba de ouvir. Seu pai o trata como se ele ainda tivesse dois anos de idade, e não vinte e poucos.

– Indo pra agência.

O pai é totalmente contra Tunico ter aceitado cuidar da agência de Caio.

– Eu já te disse...

– Pai, isso tá totalmente fora de questão.

– ... você não tem ideia da confusão em que está se metendo...

Como a maioria das pessoas que orbita pelo lugar, o pai de Tunico nunca gostou da presença de Caio. Muitas pessoas, inclusive, acham que foi a partir da chegada dele que os males começaram a se abater sobre o vilarejo e alguns de seus habitantes.

– ... você não tem pai rico, igual àquele atentado do Caio.

Tunico não endossa esse tipo de crendices.

– Vamos encurtar essa conversa?

– *Depois não diz que eu não avisei.*

– Combinado.

– *Convenceu sua madrinha?*

– Ela não quer saber de sair de lá.

Vendo que aquela conversinha não vai levar mais a lugar algum, Tunico tenta dar fim a ela...

– ... a ligação tá falhando, pai... até mais.

... e segue pedalando em direção ao seu destino. Para chegar à agência, Tunico não precisa pegar uma outra estradinha de terra, ainda mais seca. Ele é alérgico a poeira e prefere migrar para uma trilha encravada no mato.

A atenção é redobrada. Na trilha, além de uma grama escorregadia, apesar de seca, tem algumas pedras incrustadas no solo.

O tom quase opaco do verde à sua volta preocupa Tunico. A mata está cada vez mais agonizante.

"Parece que até as chuvas estão com medo de cair aqui."

Enquanto pensa isso, Tunico começa a ouvir barulho de água, se lembra de que está passando perto de um rio, e que nesse rio tem uma bela cachoeira.

A garganta dele acusa uma sede que o garoto amigo das estrelas já vinha sentindo, mas estava adiando dar atenção.

"Boa hora para um banho e para matar a sede!"

O acesso à cachoeira é fácil e rápido. Não é das maiores e nem das mais exuberantes; ainda mais com a seca. A região tem muitas cachoeiras maiores e exuberantes.

Mesmo estando com a queda-d'água diminuída, a cachoeira aonde Tunico está chegando é linda. Cercada de pedras claras, emoldurada por plantas de folhas grandes, flores brancas de que Tunico desconhece o nome e...

– Quem é esse cara?

O cara que Tunico acaba de ver está deitado de bruços no mato, entre as folhas grandes e flores brancas, meio abraçado às raízes de uma árvore. Não dá pra saber se o cara está vivo ou morto.

dois

Tudo em Billy está fugindo. A barba rala. Os cabelos cortados à escovinha. Os óculos pop de resina vermelha, a pele negra, as roupas de corte moderno, tecidos inusitados e cores elegantes. O coração. A mente. A identidade. Billy deixou de ser o médico sorridente, competente e irônico e ainda não virou ninguém. Perdeu todo o sorriso, parte do sossego e está quase perdendo o juízo.

A vida de Billy mudou. Para pior. Muito pior! Depois que ele foi agraciado por uma aposentadoria precoce no começo da carreira (no hospital em que trabalhava em uma pequena cidade do cerrado), ganhou um carrão (um utilitário importado com mais computadores de bordo do que a Nasa e que ele imediatamente trocou por um carro quase popular, colocando o robusto troco na poupança) e foi convidado a tirar seu time de campo (um campo minado, onde ele não sabia que tinha se metido).

Ele é um jovem médico que passou os primeiros anos de carreira trabalhando em países onde a guerra, a pobreza, a ignorância radical ou o petróleo destruíram quase tudo o que podia ser destruído.

Billy pensou que já tinha visto de tudo. Doce ilusão, amarga desilusão. Depois dessa volta ao mundo em conflito, Billy estava mais do que disposto a colocar o seu boi na sombra. Prestou um concurso público e foi se instalar em um precário hospital na menor cidade que ele viu no mapa. Billy queria sossego.

O que ele encontrou foram uma cidade e um vilarejo aterrorizados; onde uma caverna submergiu e matou um grupo de turistas e um *agroplayboy*; onde os lobos estão atacando por causa de comida; onde uma garota acometida por uma estranha doença sumiu enquanto era transportada da mínima cidade para o hospital da capital mais próxima; onde o delegado e o maior latifundiário da região foram trucidados por um bando de *dobermanns*... e de onde Billy teve que sair fugido e levando consigo o tal carro, a aposentadoria e todas as fantasmagorias que se possa imaginar.

"Como é que não me acharam ainda?"

Esse é o maior fantasma que acompanha Billy: como ele, que estava no olho desse último furacão (Billy era o médico responsável pelo transporte da garota, junto com o delegado)...

"... essa é uma longa história..."

... como é que o nome de Billy não aparece em nenhuma notícia sobre a morte do Dr. Hercílio e do delegado Vinicius?

Como é que, junto com as notícias que Billy não cansa de buscar na internet, não aparece uma única linha sobre o sumiço de Lia?

"Mas eles vão me achar."

É por isso que Billy se fechou em um *flat* na maior cidade do país, só saía de lá nas primeiras horas da madrugada, para comprar água e comida e, ainda assim, de boné. E camuflado.

A história que Billy criou em sua cabeça, para tentar pelo menos dar forma aos seus fantasmas, é que depois que o delegado (e o tal fazendeiro) se livraram dele...

"... outra longa história..."

... alguma coisa deu errado nos planos deles e os dois acabaram mortos pelos *dobermanns*.

"O que a Lia tinha a ver com isso? Onde ela está? Por que não se fala nela?"

Em algum lugar saiu uma nota sobre uma menina que teria virado loba e que estaria assustando ainda mais as pessoas do vilarejo onde tudo aconteceu.

Mas pouca ou nenhuma importância deu-se a essa história; pelo menos por enquanto. As estranhas mortes do latifundiário e do delegado chamaram mais atenção da imprensa. E, depois de alguns dias, vieram mais uma crise norte-americana, mais um escândalo de celebridades midiáticas, mais um bate-boca sobre as próximas eleições em algum lugar... e mesmo as mortes foram perdendo a importância para a imprensa.

"Mas eles vão vir atrás de mim, tenho certeza!"

Paranoia à parte, Billy resolveu também camuflar sua identidade digital: abandonou seus *e-mails*, seu celular, *tablet*... perfis... até o cartão de crédito.

Nas primeiras vezes que Billy foi a um caixa eletrônico tirar dinheiro, o coração dele disparava, as mãos congelavam, ele suava em bicas... achando que descobriria que seu cartão estava bloqueado ou que seria preso... ou, ainda, que teria alguém à sua espreita quando ele saísse. Mas, até agora, nada disso aconteceu.

"Silêncio absoluto. E barulhento."

Como não há alegria que nunca acabe e nem tragédia que dure para sempre, o coração de Billy já não acelera tanto quando vai tirar dinheiro. Ele ainda sai camuflado, mas os ombros já não estão mais tão encurvados...

"*The show must go on!*"

E para colocar de novo o seu *show* para continuar, Billy começou a recortar uma nova vida dentro de sua fantasmagoria. Comprou um novo celular de última geração, objeto de poder e conexão com o mundo.

Quando Billy saiu da loja com seu novo celular, o alívio que sentiu foi restaurador. Seus dados pessoais não estavam bloqueados, o pagamento por débito automático foi aceito. Billy se empolgou tanto que até comprou um novo *laptop*.

A mínima segurança com a qual Billy se deparou quando foi às compras eletrônicas o reconecta a algo que podemos chamar de instinto de sobrevivência.

"É melhor eu ficar esperto!"

É pensando em colocar pelo menos parte do que ele entende como "esperteza de sobrevivência" em prática que Billy, assim que chega ao *flat*, imediatamente se senta em frente ao *laptop* e se conecta à internet pelo *wi-fi* do prédio.

"Melhor não."

Para tentar se proteger de algum possível rastreamento digital (doce ilusão essa ideia de se proteger de um rastreamento digital!), Billy prefere usar o celular que acaba de comprar como *modem* para acessar a internet.

Dez segundos para obter um novo *e-mail* (com nome, endereço, tudo falso), um minuto para criar perfis e contas falsas nas redes sociais e aplicativos de comunicação...

"Sem foto, claro! Ou melhor..."

Não leva muito tempo para Billy vasculhar na internet a imagem de um lobo, mais precisamente a ilustração de um gibi de terror, para colocar no lugar de sua foto de perfil.

"...isca!"

Pronto! Billy é de novo um jovem homem interativo.

Conectado, Billy começa a desenhar o que ele batiza em sua mente de "plano *patriot*", um escudo com o qual ele pretende se proteger de possíveis ataques. Ele sabe que seu escudo não pode ser só de proteção.

"Atacar pra se defender! A linguagem das feras."

A palavra atacar aciona na mente de Billy uma imagem que a princípio o assusta, depois o intriga... e, ao final, o encanta: uma camiseta branca. Velha. Rasgada. Suja de sangue.

"É por aí que eu vou começar..."

E "para começar", Billy entra na rede social onde acaba de criar seu perfil, digita um nome e faz a busca.

"Milhares de Caios."

Billy não tem pressa. Ele volta ao *site* de busca. Digita agora, além do nome Caio, o nome do vilarejo onde fica a agência de turismo ecológico...

"Bingo!"

Quando volta à rede social, Billy já sabe o nome completo do Caio exato que está procurando. E o encontra. E envia para ele um pedido de amizade.

"Amizade?"

Essa aproximação não terá nada de amistosa.

– Quem é esse cara?

Tunico não tem a menor ideia de quem seja aquele cara desacordado, abraçado ao tronco de um jatobá como se quisesse se proteger de ser levado por um vendaval.

Pouco provável que um vendaval pudesse levar alguém tão alto e tão sarado. Mesmo com uma aparência tão robusta, a expressão do garotão desacordado é de medo, de desproteção, de fragilidade; para dizer o mínimo.

Passado o susto inicial, na verdade mais uma surpresa do que um susto, Tunico se aproxima um pouco mais. Com cautela, mas também com alguma (muita!) curiosidade.

– Ei?

As primeiras sacudidas que Tunico dá no rapaz não são suficientes para fazê-lo acordar.

"Quem é este cara?"

Nada no rapaz é familiar a Tunico ou o configura como um morador da região. Os dois devem ter a mesma faixa de idade e, se o garoto fosse dali, Tunico certamente já teria esbarrado com ele ou saberia de sua existência.

O rapaz tem traços europeus, cabelos ruivos compridos, pele clara.

"Será que é algum cliente da agência de turismo que se perdeu?"

Pouco provável. Se fosse, Tunico já saberia. A calça de moletom, a camiseta regata e os tênis com os cadarços desamarrados estão enlameados. Parte do rosto dele também está suja. Para chegar até ali, provavelmente o rapaz veio se arrastando. Ou, pelo menos, se arrastou no final de seu percurso.

– Ei...

Mais algumas sacudidas...

– ... acorda, veio.

O corpo do garotão começa a se mexer. Ao se lembrar de se sabe lá o que, ele arregala os olhos azuis e tenta se agarrar ainda mais à árvore.

– Ele... não... pode...

Tunico não escuta direito a frase que o garotão acaba de dizer.

– Calma.

Tunico percebe que os olhos do garotão continuam arregalados.

– ... ele... não pode saber...

– Eu não vou te fazer nada...

Sendo "mirrado" como ele é, soa bem absurdo para Tunico o que ele acaba de dizer. Mesmo se quisesse, ele jamais seria capaz de atacar um cara forte como o ruivo caído.

– ... seria mais fácil o contrário.

O garoto não entende a brincadeira que Tunico acaba de fazer.

– Eu sou o Tunico...

Nada de resposta.

– ... e você, quem é?

Menos ainda. Quer dizer, o cara se solta da árvore.

– Tá tudo bem?

Não parece que o cara esteja machucado ou que tenha sido agredido. Ele só está sujo e assustado.

– Como você veio parar aqui?

Tantas perguntas inofensivas começam a relaxar a tensão do estranho cara ruivo.

– Você sabe onde você tá?

Finalmente, o cara resolve falar um pouco mais...

– Tunico?

– Sim, Tunico. E você...?

– Posso mesmo confiar em você?

Enquanto vai falando, é como se um filme passasse pela cabeça do garotão assustado. Um filme de terror.

– Acho que você não tem outra alternativa, cara.

Com alguma dificuldade, o cara consegue se sentar. Ele está bem debilitado.

– Você não faz perguntas?

– Claro que faço.

A cada frase, é como se o garotão fosse se desmanchando cada vez mais dentro de sua armadura de músculos. Tunico percebe em volta de seus olhos algumas rugas que ele entende como precoces. Muito cedo para aquele garoto ter rugas.

– ... eu tô vivo.

O cara diz isso se conferindo, como se não acreditasse que isso fosse verdade.

– Imagino que sim. Porque, se não, eu estou morto.

Sorte de Tunico que ele sempre teve uma certa simpatia por estranhezas. E sorte do cara que Tunico tenha essa aptidão para lidar com pessoas esquisitas e situações idem.

– Tá me achando maluco?

– De certa forma, não. Mas diz aí, rapaz, como eu posso te ajudar?

O cara está ficando cada vez mais frágil.

– Eu sabia...

Essa frase, que o cara diz a si mesmo, Tunico não consegue entender.

– Sabia o quê?

O cara tem que se encostar na árvore para conseguir continuar sentado. É como se lhe faltasse força, como se sua força estivesse escorrendo, evaporando, se dissipando no ar.

– Você tá ficando pálido.

– Você consegue me levar daqui...

A voz dele também está ficando mais fraca. Nem consegue finalizar o que disse como uma pergunta.

– Pra onde?

– ... fogo...

Parece que o cara está delirando.

– ... um raio...

– Que papo é esse?

– ... me leva pro fogo.

São as últimas palavras que o cara ruivo consegue dizer, antes de apagar novamente.

Todas as nuvens escuras que Caio via da janela da cobertura onde moram seus bem-sucedidos pais, antes de sair, resolveram desabar sobre a cabeça dele, assim que o garotão encrenqueiro tira o carro de sua mãe da garagem. O carro de Caio ficou no cerrado, para ajudar no transporte dos turistas da agência.

Ainda dentro do apartamento, quando olhava pela vidraça e via o céu coalhado de vários tons de cinza, parecia a Caio que o que ele estava vendo era o interior de sua cabeça.

Cabeça confusa. Cabeça assustada. Cabeça que não tem a menor ideia do que está acontecendo com seu corpo, seus músculos, com seu sangue, sua audição, suas glândulas, seu sistema respiratório.

Tudo dentro de Caio não é mais como era. É por isso que ele voltou ao seu lugar de origem, a cidade onde cresceu. É por isso que ele tirou o carro da garagem. É por isso que ele se meteu no maior trânsito, embaixo da tempestade que desabou enquanto ele tirava o carro da garagem.

Tudo isso para tentar identificar, nominar e, quem sabe, corrigir o destrambelhado percurso em que entrou sua existência depois que ele foi atacado por um...

Caio não sabe dizer pelo que foi atacado. Ele só se lembra de *flashes*. Poucos *flashes*. Noite escura. Caio correndo. Movimentos no mato. Caio caindo. Falta o principal pedaço de sua história.

"Como é que eu vou dizer isso 'pro cara'?"

Caio contrai os músculos da coxa para tentar despistar uma vontade de ir ao banheiro.

"Estou apertado, mas acabei de fazer xixi."

O intervalo entre as idas ao banheiro para urinar está cada vez menor. Uma certa sensação de ardor quase sempre acompanha os jatos de urina.

Mas Caio ainda não chegou nesses, digamos, aspectos físicos do que está se configurando nele.

Se o trânsito na região já seria ruim, agora, com a chuva, piorou. Tudo parado. Vidros embaçando. Motoqueiros arrogantes dando pontapés nos para-choques para tentar fugir da chuva.

E raios. Ensurdecedores. E que parecem fazer tremer os carros, os postes e os ossos de Caio.

"Vou chegar atrasado."

Grande novidade. Caio sempre chega atrasado. Assim que confere as horas no celular jogado no banco do carona, Caio resolve se distrair, acessando um aplicativo de previsão meteorológica. Ele mantém atualizada diariamente a temperatura em várias partes do mundo. Quinze graus na capital onde ele está, quando deveria estar uns vinte e oito.

"Afinal, estamos no verão."

Os mesmos quinze graus na cidade mais pop do hemisfério norte, onde deveria estar cinco ou seis graus. Afinal, lá é começo de inverno. Está fazendo quinze graus também nas duas cidades mais populares da Europa. Na Ásia. Na África. Na Índia...

"Que tempo louco! Pelo visto, não sou só eu que..."

..."que..."? Caio não sabe como terminar essa frase. O súbito desequilíbrio das temperaturas no mundo pode ser, pelo menos parcialmente, justificável.

Tempos quentes. Planeta degelando.

Agora, as variações de humor e comportamento que estão se processando em Caio... essas... a quem atribuir?

"Espero que esse cara..."

O celular começa a vibrar na mão de Caio. A foto de Paula, a ex, aparece linda, com cara de má, pronta para acorrentar novamente Caio e jogá-lo dentro da irresistível gaiola de onde ele quase não conseguiu sair.

"Como ela sabe que eu voltei?"

Paula sempre sabe tudo o que quer.

"Eu é que não vou trazer essa maluca de volta pra minha história."

Caio tira o volume do celular e deixa a bela e malvada Paula até que ela desista. Desiste de chamar, mas não param de pipocar mensagens de texto. Paula não é de desistir.

Demora um pouco, mas Caio acaba chegando ao seu destino e, pasme, a tempo.

"Inacreditável!"

Ao ouvir o preço da primeira hora de estacionamento no prédio, Caio levanta os braços, como se estivesse sendo parado pela polícia ou assaltado; situações que o assustam na mesma medida.

– Que roubo!

A recepcionista da portaria do prédio se apruma na cadeira para receber o garotão que, mesmo estando magro e malvestido e com uma certa cara de assustado, continua sendo um gato digno de viradas de pescoço.

– Eu vou no consultório do...

"Será que diz 'doutor'?"

– ... Joaquim Pernambuco.

Ao ouvir o nome de quem Caio está procurando, a empolgação da recepcionista deságua em uma expressão de desconfiança.

– O senhor já esteve aqui?

Quando diz senhor, a intenção da recepcionista é arremessar Caio a quilômetros de distância de qualquer possibilidade de aproximação com ela. Ele acha graça.

– Não.

– Um documento de identificação, por favor.

Caio coloca a carteira de motorista sobre o balcão, se bem que ele acha difícil que aquele pedaço de papel com números ainda o identifique.

A recepcionista anota o número no sistema, fotografa Caio e joga o documento dele sobre o balcão, como se ele estivesse queimando sua mão.

– Elevador três. Sala oitenta e dois, oitavo andar. A porta está só encostada e não tem recepcionista.

– Valeu.

No espelho do elevador, Caio confere suas consideráveis olheiras.

"Será que foi isso o que assustou a garota?"

Quando Caio sai do elevador, a vontade de ir ao banheiro aumenta. Os móveis da sala são clássicos, de bom gosto e desgastados. Sofá e poltrona de couro, estante carregada de livros, abajur com luz indireta nos cantos.

Silêncio e tranquilidade. Fazia tempo que Caio não se deparava com algo assim. Duas portas internas fechadas. A bexiga de Caio reclama. Ele reconhece o banheiro em uma das portas.

Quando Caio sai do banheiro, tem um homem esperando por ele. A outra porta, que dá acesso ao consultório propriamente dito, está aberta.

– Tudo bem, Caio?

O homem é grisalho, meio careca, um pouco mais velho do que o pai de Caio, calça e camisa de mangas compridas bem cortadas. Óculos de aros leves e lentes pesadas. Ele olha para Caio como se seus pensamentos estivessem em outro lugar.

– Tudo bem...

Quando oferece uma das mãos para cumprimentar o homem à sua frente, Caio percebe que não as enxugou direito.

– ...chamo você de doutor?

Depois de um quase sorriso, o homem diz...

– Vamos entrar?

... e pula a resposta para a pergunta de Caio. A sala é confortável, tem mesa de madeira sólida cheia de papéis, livros, *laptop*. Duas poltronas de couro marrom em frente à mesa.

– Me deito ali?

Caio está se referindo ao divã que está em um dos cantos da sala. Em vez de responder, o homem senta-se em sua cadeira atrás da mesa, o que faz Caio escolher sentar-se em uma das cadeiras em frente a ela.

– Eu liguei para você ontem.

– !

Nenhum quadro ou pôster nas paredes. Elas estão coalhadas de livros. Em uma delas, uma verdadeira muralha de CDs. De onde está, ele consegue ler nitidamente os nomes escritos nas lombadas dos CDs. Estranho! Caio sempre se considerou um pouco míope.

– ... sou o irmão da amiga da Flávia.

Ao ouvir o nome de uma de suas pacientes, algo muda na expressão do homem. Ela fica mais simpática. Não que ele não estivesse sendo simpático, mas é como se agora tivesse quebrado um pouco da formalidade.

– Certo.

"Certo?"

Só um mísero "certo?". Mas talvez ainda seja cedo. Caio está começando a ficar desconfortável com o silêncio. Será por isso o arrepio que ele acaba de sentir?

– Quem começa?

– Nós já começamos, Caio.

O que Caio entende como uma brincadeira, de alguma maneira, ajuda a deixá-lo um pouco mais descontraído.

– Acho que quem vai ter que falar sou eu, não é?

– É uma ideia.

– Você é médico?

– Sou psicanalista e psiquiatra.

– E pode?

– !

– Eu vim falar com o psicanalista.

– Está falando com ele.

O silêncio é para Caio escolher por onde quer começar...

– Eu não tô legal...

Estranho. Enquanto fala, para Caio, fica parecendo que ele está ouvindo alguém falar...

– !

... alguém que não é ele...

– ... eu acho...

– !

... alguém que Caio não tem a menor ideia de quem seja.

– ... acho que eu tô virando bicho, cara.

três

"Em que fria eu fui me meter!"

Não que Tunico tivesse intenção de fazer isso, mas seria bem difícil explicar o significado da insólita cena: ele estar, ao mesmo tempo, empurrando a bicicleta e fazendo de tudo para escorar e equilibrar em cima dela o corpo desacordado e musculoso do cara que pediu para ser levado ao fogo.

Foi a única maneira que Tunico achou para transportar o garotão de dois metros. "Dois metros" é exagero. Um metro e oitenta e cinco? Um e noventa? Por aí. Um metro e noventa.

Ainda bem que da margem do riacho, onde estava, até a agência de turismo, onde Tunico pretende chegar com o espigão belo adormecido, a distância é pequena, pode ser cumprida pelo meio do mato e as chances de encontrar alguém são mínimas. Ainda mais nessa hora, quando o tempo entrega o mundo à noite. Para alguns, o crepúsculo é ainda mais assustador do que a escuridão total.

Por sorte, também não tinha ninguém, além de Juca, na simpática casa de madeira certificada e que fica em uma bela clareira, com algumas árvores retorcidas por perto e vegetação não muito alta, onde funciona a agência de turismo.

– O que você fez com esse cara, Tunico?

Quem pergunta é Juca, um indígena jovem e "básico" (por básico entenda-se vestindo bermuda *jeans*/tênis/camiseta branca), queimado de sol, cabelos pretos pesados e compridos e olhos desconfiados.

Juca é totalmente fiel à cultura de sua aldeia, mas também integrado à vida dos não indígenas da região. Tanto que, cada vez mais, Juca funciona como uma espécie de interlocutor entre os indígenas, os brancos e suas questões.

– Me ajuda, depois eu explico, Juca.

"Ajudar" significou Juca pegar sozinho o dorminhoco nos braços, subir com ele os degraus até a varanda da agência e levá-lo até o sofá na sala. Juca é bem mais forte do que Tunico.

Só quando entra na casa e vê algumas velas acesas no que se entende por sala/recepção é que Tunico percebe que a casa/agência de turismo está sem luz.

– Que breu é esse?

– Quando caiu o último raio, apagou tudo.

– Caiu "aqui"?

– Não. Deve ter sido na fiação, na estrada.

– Por que você não ligou o gerador?

– Tá sem bateria. O Caio deve ter esquecido de carregar.

As atenções voltam-se para o corpo desacordado no sofá.

– Não seria melhor pôr esse cara na cama?

Nos fundos da casa tem uma edícula com quarto e banheiro, que Caio deixou preparada para dormir por ali quando ficasse tarde para ir para a pousada onde mora, ou se tivesse que estar lá muito cedo, para receber os turistas.

– Melhor deixar ele aqui.

A responsabilidade pela agência está mais nas mãos de Juca do que de Tunico. E ele sabe que Caio é um tanto quanto temperamental, já se mostrou mais de uma vez tão reservado quanto egoísta e nunca deu muita intimidade a ninguém.

O fato de ele ter deixado o 4x4 nas mãos de Juca é meramente profissional, nada pessoal. O carro é para transportar turistas e, depois que Caio se foi, nunca mais Juca levou o carro para a aldeia. Só o levava quando Caio estava ali e o autorizava a fazer isso; o que era bem raro.

Em menos de dois minutos, Tunico disse a Juca o que aconteceu e o pouco que sabe.

– ... eu nunca vi esse cara por aqui, Juca.

– Nem eu.

Enquanto ouvia Tunico e conferia o desconhecido, Juca tentou fazer conexões entre o que ouvia, via e sabia sobre o lugar, as pessoas do lugar, os últimos acontecimentos, o que o pajé tem lhe dito.

– Ele pediu fogo?

– Pelo que eu entendi, sim...

Juca continua fazendo conexões. E Tunico...

– ... depois que acordou e se lembrou de alguma coisa, o cara ficou muito assustado.

– Assustado?

– Parecia que ele queria fugir, que estava em fuga.

– O fogo...

A mínima frase de Juca é mais que suficiente para conter a quase desenfreada explicação do empolgado Tunico.

– Você vê algum sentido nisso, Juca?

– Tudo sempre tem algum sentido.

– Que papinho!

– É sério.

– Então me diz: por que o cara pediu fogo?

Tunico começa a ficar impaciente com o tom de mistério de Juca.

– Fala logo, Juca.

– Falar o quê?

– O que você já decifrou?

– Não decifrei nada.

– Mas tem um monte de ideias passando pela sua cabeça, tô vendo pelo ritmo acelerado dos seus olhos.

Só tem uma ideia passando pela cabeça de Juca, mas ele não pretende dividir essa ideia com Tunico. Pelo menos por enquanto.

– Quem me dera ter um monte de ideias passando pela minha cabeça.

– Você é indígena.

– O que é que tem isso?

– Juca, se eu que sou um "reles mortal", só porque pesquiso as estrelas, o céu... já entendo o quanto Shakespeare estava certo quando falou sobre a quantidade de mistérios que tem entre o céu e a terra, você, praticamente o próximo pajé de sua aldeia, deve, no mínimo, saber o que significa alguém querer ir para o fogo.

O sorriso de Juca é quase malicioso.

– Não é qualquer um que vai pro fogo, Tunico.

– Imagino que não.

O novo silêncio de Juca frustra Tunico.

– Já que você não quer me ajudar, me empresta a chave do carro do Caio.

– Pra quê?

– Eu vou levar o cara pro hospital. Quem sabe lá...

É nesse momento que Juca e Tunico escutam um ronco.

Ao mesmo tempo, os dois olham para a direção de onde veio o ronco: a porta de entrada da agência, que ficou aberta quando os dois passaram com o rapaz adormecido.

— Não se mexe, Tunico.

É sussurrando que Juca diz isso.

— Mas...

— ... fica quieto.

Sussurrando e sem tirar os olhos dos olhos do lobo que está parado na porta.

"A essa hora? Quem será?"

Os hóspedes costumam chegar durante o dia. Já passa da hora do jantar.

"Se bem que tem duas reservas que ainda não..."

Logo que o ronco do motor para, ela aparece.

— Patrícia!

Ao dar nome à aparição que ela vê surgir na sala principal da pousada cinco estrelas (se é que existe a classificação de cinco estrelas para uma pousada encravada no meio do nada!) onde Lucinha mora e trabalha, a garota morena de cabelos curtíssimos, magra e miúda, toma todo cuidado para não demonstrar o quanto está tomada pela desagradável surpresa.

Desagradável surpresa de ver de novo uma das hóspedes mais arrogantes, mal-educadas, prepotentes e sem limite que já passaram por ali. A surpresa é tanta que nem a interrogação Lucinha pendura no final da mínima fala. Ela resolve tudo com uma mísera exclamação.

Mísera, mais ou menos! Exclamar em vez de perguntar dá a Lucinha alguma vantagem sobre Patrícia.

— Não, a senhora sua avó...

Mesmo Lucinha não tendo interagido com a brincadeira boba, Patrícia parece estar se divertindo com ela; tanto que pretende continuar...

– ... se é que alguém como você descende de alguém.

Ao falar, Patrícia fez questão de valorizar cada atributo com os quais foi rastreada pelo desagrado de Lucinha (prepotente, arrogante, mal-educada e sem limites).

Nem tantos adjetivos negativos são capazes de enfear a bela loira de olhos verdes, corpo magro e malhado, vestido como quem está indo ou acaba de sair da academia de ginástica.

– Veio buscar suas coisas.

Mais uma vez Lucinha prefere afirmar do que perguntar. E desta vez, de uma forma um tanto quanto imperativa.

Lucinha está se referindo às malas e roupas, parte da bagagem que Patrícia deixou no quarto que ocupava quando, sem mais nem menos, depois de uma longa e desagradável estadia, resolveu fazer o check-out e dar o fora. E o que é pior: quando Lucinha foi conferir o telefone e outros dados de Patrícia para tentar devolver a ela sua bagagem, nenhuma das informações da ficha estava correta.

"... espera um pouco! Essa folgada foi embora alguns dias antes de tudo acontecer!"

O "tudo" a que os pensamentos de Lucinha se referem é o ataque dos dobermanns que estraçalharam o delegado e o dono da fazenda mais poderoso e perigoso da região.

"Coincidência?"

De jeito nenhum. Embora Lucinha ainda não saiba, Patrícia é neta do Dr. Hercílio e estava na fazenda dele quando tudo aconteceu. Ela escapou por pouco.

Por enquanto, o que Lucinha sabe sobre Patrícia é que ela apareceu na pousada há cerca de uns dois meses, acompanhada de duas amigas, tão jovens e bem-nascidas e sem limites quanto ela, e estranhamente dispostas a fazer todos os passeios de turismo ecológico e visitas às cachoeiras e cavernas ainda abertas para visitação.

Lucinha até estranhou um pouco o trio "totalmente quinta avenida" perambulando pelas trilhas empoeiradas por causa da falta de chuva, com as carcaças de aves se putrefazendo pelo mato por causa do ataque dos lobos que começaram a se aproximar do vilarejo.

– Duvido que você esteja pensando assim, Lucinha.

Demora um pouco para Lucinha entender que a fala de Patrícia está interagindo com sua última afirmação: veio buscar suas coisas.

– O que você tá fazendo aqui, então?

– Adivinha.

– !

– Eu voltei.

Não passa pela cabeça de Lucinha receber Patrícia de volta. Sorte dela que todos os quartos estão ocupados ou sob reservas confirmadas e pré-pagas.

– Desculpa, Patrícia, mas a pousada está lotada.

– É mesmo?

Pela maneira como Patrícia fala, fica parecendo que ela sabe disso melhor do que Lucinha.

– Você sabe o quanto esse lugar anda concorrido.

Lucinha está certa. As cachoeiras e cavernas da região sempre chamaram muito a atenção. O lugar é lindo. O cerrado, tão intrigante quanto exuberante. A região sempre foi conhecida como um dos paraísos ecológicos dos sonhos. Se bem que o movimento aumentou bastante depois que começaram a acontecer as tragédias: a inundação da Caverna de Jurema, os supostos ataques dos lobos a alguns moradores da região, o ataque dos cachorros... Isso sem falar na história que está se propagando aos quatro ventos: de que Lia, a garota desaparecida do vilarejo, teria virado ou estaria virando loba. Lia e Lucinha eram bem amigas.

Talvez o aumento do movimento seja porque, mais do que um paraíso, as pessoas estejam procurando dar vazão a seus pesadelos.

– Claro que eu sei...

Patrícia está se referindo à lotação da pousada.

– ... tanto sei, que pedi para reservarem pra mim um quarto com bastante antecedência.

– Impossível!

– Essa palavra não faz parte do meu vocabulário.

– Não tem nenhuma reserva em seu...

Lucinha está começando a entender. Mesmo assim, Patrícia faz questão de legendar o que aprontou.

– ... em meu nome? Tem razão. Será que é porque eu mandei fazerem a reserva em outro nome?

– Que nome?

– Ingrid Alessandra... da Silveira... alguma coisa assim... nem me lembro o nome direito, agora. Acho que era isso. Eu peguei no obituário do jornal, na hora em que mandei a... quando eu mandei fazerem a reserva. Assim a brincadeira fica mais mórbida.

– Ingrid...

De fato, o último quarto está reservado para uma hóspede com esse nome.

– Eu sei que, se soubesse que era eu, você jamais me aceitaria de volta; não é verdade?

Mesmo sendo a autoridade máxima ali, Lucinha sabe que precisa manter a linha.

Mais ou menos...

– Se você sabe, por que voltou?

– Você acha que eu vou dizer assim, "na nossa primeira cena da terceira temporada", o porquê de eu ter voltado?

Depois de mais essa ironia, Patrícia dá-se por satisfeita no que diz respeito às explicações.

– Chega de papo, Lucinha. Faça logo o meu *check-in*, com meu nome verdadeiro, por favor, e me dê logo o quarto porque eu estou exausta e morrendo de fome.

– **Sete chamadas!**

Quando Caio liga novamente o celular, além de dezenas de mensagens de texto, tem sete chamadas perdidas de sua irmã piscando na tela de LED.

Na verdade, ele nem chegou a desligar, só colocou no modo silencioso enquanto falava com o psicanalista.

Caio não percebeu que, entre uma chamada e outra de sua irmã, há duas ligações perdidas de seu pai. Ele ainda está sob efeito das poucas frases que ouviu do doutor Joaquim. Especialmente de uma delas...

"– ... dá medo... dá muito medo... se encontrar com a própria natureza."

Na verdade, a parte "dá muito medo" é uma variação que o próprio Caio fez. O psicanalista tinha ido só até o "dá medo".

Caio saiu do consultório com essa frase perturbando ainda mais seu entendimento e mais desconfortável do que entrou. Sem saber se gostou ou não do primeiro contato com a psicanálise e sem ter a menor ideia se pretende voltar.

– Fala, Sandra!

– *Quem tem que falar é você.*

– Tenho?

– *E aí?*

– Não sei, não.

– *O que o psicanalista disse?*

Sandra não sabe nem um terço do que está acontecendo com Caio; especialmente que o pajé da aldeia que fica na região da agência de turismo deu a ele uma beberagem que apagou da mente do garotão encrenqueiro tudo o que aconteceu na noite em que ele foi atacado; mas que, mesmo assim, ele sabe que foi atacado (as cicatrizes não sumiram com o que ele bebeu) e acha que foi por lobos.

Ou por um lobo.

Sandra também não sabe que, desde então, tudo nele está em um estranho estado de transformação (mais sensível, mais arredio, mais assustado) que ele entendeu como um trauma e o fez procurar o psicanalista.

Dizer ao doutor Joaquim que achava que estava virando bicho, na verdade, foi a maneira que o garoto encontrou para começar a falar de suas dúvidas.

Caio não acredita nessa ideia, assim, "literalmente".

O que Sandra sabe sobre o irmão nesse momento é que Caio está muito angustiado e confuso. Mais angustiado e confuso do que ela sempre soube que ele esteve.

– O cara falou pouco, Sandra. A irmã de Caio está muito mais empolgada do que ele.

– *É assim mesmo. No começo, eles mais escutam. Depois, com o tempo...*

– Tempo...

– *Ah, não, Caio... não me diga que você já desistiu?*

– ... eu não sei se eu tenho tempo.

Mais uma vez, fica parecendo para Caio que não é ele quem está falando. É como se ele ouvisse alguém falar dentro dele. Alguém com quem ele está bastante preocupado. Alguém que ele sabe que está em perigo.

– *Exagerado!*

Melhor não dividir todos os temores com Sandra.

– Não sei se eu vou voltar...

– *Não desiste, Caio.*

– Vou pensar... mas não sei se esse é o canal pra mim.

– *Falar alivia.*

– Não pressiona, Sandra.

– *Desculpa. É que eu quero que você fique bem.*

– Eu sei. Eu também quero ficar bem.

– *Eu queria poder te ajudar a diminuir a angústia.*

– Continua gostando de mim, como eu sou. Isso já é muito.

O silêncio de Sandra do outro lado da linha deixa Caio mais triste.

– Desistiu de mim, Sandra?

– *Eu adoro você.*

– Adorar é muito. Gostar já tá bom.

O *bip* de uma outra chamada começa a soar na linha. Caio pensa que é para Sandra. Sandra pensa que é para Caio. Os dois ignoram.

– *A Paula me ligou, Caio.*

– Claro que ela ia ligar.

– *Não deixa ela te enrolar de novo, irmão, por favor.*

O *bip* continua insistindo. Caio confere.

– Xi!

– *O que foi?*

– "Seu" pai.

– Vocês já se falaram?
Desde que chegou, há alguns dias, Caio deu todos os perdidos que conseguiu e escapou de se encontrar com seu pai. E, para continuar agindo assim, ele escolhe a opção ignorar e desligar.

– Ele tá me ligando nesse exato momento. Mas no que depender de mim...

– Fala logo com ele, Caio. O papai tá preocupado.

– Sei.

– Não seja irônico.

– Pra falar sobre o papai, não sei se dá.

– Deixa de ser infantil.

– Você pediu isso pra ele também?

O *bip* de uma nova chamada do pai de Caio volta a atacar. Ele está cada vez mais desconfortável com a insistência e sabe que seu pai não desistirá assim tão fácil.

– Vou atender o papai, Sandra.

Escolhendo a opção desligar e atender, Caio encerra a chamada de Sandra e interage com a de seu pai.

– Fala, pai.

– Você está dirigindo.

Não é uma pergunta. É uma afirmação. Mais que isso, uma acusação.

– Culpado!

– Você consegue parar o carro, para nós conversarmos?

Parar o carro não seria difícil, Caio está passando por uma inédita rua com vagas de sobra e, o que é melhor, sem precisar usar o aplicativo de estacionamento. O difícil será conversar com o pai.

– Tá difícil parar, pai.

– Estou vendo aqui pelo mapa do GPS que a rua onde você está... está cheia de vagas...

A voz do pai de Caio está clara, pausada e firme.

– Não acredito que você tem um GPS pra controlar o carro da minha mãe.

A voz de Caio é defensiva, irônica, assustada, quase agressiva.

– Você está a cinco quadras do hospital onde eu estou, por isso eu liguei agora. Tenho meia hora livre. Te espero na cafeteria da cobertura do hospital. Tem uma outra no térreo, mas é um horror!

O pai de Caio é o primeiro a desligar e também o primeiro a chegar à cafeteria.

Quando Caio chega, ele quase não reconhece o homem de meia-idade, bem penteado e barbeado, dentro de um jaleco branco sobre a calça cinza de um terno, gravata cinza, sapatos engraxadíssimos, um pouco mais alto e com o mesmo porte atlético que Caio, quando ele próprio está em forma.

– Fala, veio.

O pai de Caio continua lendo a revista norte-americana de medicina e dá mais um gole na xícara de café sem açúcar fumegante.

– Sente-se.

Parece que terminar o parágrafo que está lendo é mais importante do que cumprimentar o filho.

Enquanto se senta, Caio percebe que tem algo de estranho no rosto de seu pai. Estranho não é a melhor palavra.

– Fez plástica?

A própria vaidade deve ser um assunto mais interessante do que a revista. O pai de Caio para de ler e fixa os olhos seguros no garoto.

– Preenchimento.

A pele está mais brilhante e lisa; não chega a estar esticada. Nada muito exagerado, mas diferente da última imagem mais recente que Caio tinha de seu pai.

– Tá parecendo meu irmão.

– Mas sou seu pai.

A constatação do pai de Caio não é uma bronca, nem agressiva. Tem um tom de compreensão que já começa a irritar Caio. Ele e o pai sempre viveram entre chuvas e trovoadas. Mas de um tempo para cá, desde que se entenderam, as coisas estão bem melhores. Ou estavam.

– ... por que você tá fugindo de mim, meu filho?

Não era o que Caio esperava ou queria ouvir. Muito melhor seria um arroubo de fúria, para Caio poder lançar suas chamas e a conversa virar uma briga. Ele ainda tenta desconstruir a tentativa de conversa amistosa do pai.

– Deixa de ser pretensioso, pai.

Mas não consegue. O pai sorri. E, discretamente, confere a magreza do corpo, as olheiras e a cicatriz no braço de Caio, que a manga curta da camiseta não cobre.

Mesmo tentando relativizar o quanto isso o preocupou, o pai de Caio mantém uma certa... descontração? Elegância? Elegante descontração.

– Aceita um café?

Algo dentro de Caio continua em ebulição. Ele tenta se controlar. Os cheiros que exalam de seu pai o perturbam: o perfume, o amaciante de roupa, o café, o papel da revista, o álcool antisséptico com o qual o pai deve ter lavado as mãos... assusta ainda mais Caio sentir com tanta intensidade esses cheiros que saem de seu pai.

É tomado por esse susto que Caio continua tentando se defender do que nem de longe é um ataque.

– Você não me rastreou para me oferecer um café.

– Claro que não.

– Então, diz.

– Foi para oferecer ajuda.

Caio fica mais acuado. Os cheiros de seu pai se misturam e o confundem ainda mais.

– E quem disse que eu preciso de ajuda?

– Tudo em você está dizendo, meu filho.

Quanto mais acolhedor o pai, mais assustado e violento Caio. Os cheiros, agora, começam a dar ânsia.

– Eu não estou pedindo ajuda nenhuma.

O estômago de Caio se contrai. Ele faz de tudo para que seu pai não perceba a dor que está sentindo; isso é quase impossível. E Caio começa a transpirar. As pontadas no estômago vão se transformando em enjoo, que vem com uma vontade insuportável de urinar.

– Pois deveria pedir, Caio, antes que seja tarde...

Os olhos assustados de Caio vasculham em volta, procurando onde fica o banheiro masculino.

– ... eu gostaria muito, meu filho, que você confiasse em mim.

– Preciso ir ao banheiro, pai.

O banheiro fica no corredor, não muito longe de onde Caio está. Depois de se aliviar, o enjoo desaparece. Mas Caio está longe de voltar à normalidade. E não tem intenção alguma de retornar à cafeteria para conversar com seu pai. O acolhimento do pai é insuportável para Caio, como os cheiros higiênicos que o cercavam.

É por isso que, ao sair do banheiro, Caio resolve fugir pelas escadas, para não ser vasculhado pelo pai. Enquanto desce os vinte andares, a frase que ele ouviu do doutor Joaquim vai se reconfigurando e ficando mais turbinada em sua cabeça. Primeiro, as palavras-chave...

"Medo. Encontrar. Natureza."

Caio abandona o carro de sua mãe na garagem do subsolo do hospital. E sai vagando triste pelas calçadas, avenidas e parques na tarde que começa a cair.

"... dá medo..."

Pelos viadutos, ruelas, becos mal iluminados da noite que engole o crepúsculo.

"... se encontrar..."

Pelos bares da zona central abandonada da cidade, na estranha madrugada que destrói a noite e ainda mais o entendimento de Caio.

"... dá medo se encontrar com a própria natureza."

Enquanto vaga, Caio vai entendendo que ele já não cabe mais no papel de filho "protegível" que seu pai ainda quis lhe dar. Não há o que proteger. É tarde demais. Caio está dominado.

quatro

– Ei?

O cara continua encostado no muro, sentado no chão com as pernas esticadas e olhando para um anúncio luminoso de um plano de saúde que pisca a algumas quadras dali, mas é o maior foco de luminosidade daquele beco sujo.

– Posso sentar aqui com você?

Cada um preenche o silêncio como quer. Ela prefere entendê-lo como um sim e se senta ao lado dele.

– Não tá com frio, não?

Os braços dele estão arrepiados. Mas o cara não percebe que está com frio.

– Se pegar pneumonia, já era.

Só agora a voz embriagada dela faz algum efeito sobre a atenção dele. O cara ainda não diz nada.

– Esses antibióticos deixam a gente muito louca!

Mais acostumada com o escuro, a dona da voz embriagada define melhor onde foi parar...

– Tirei a sorte grande.

... e com quem acaba de se encontrar.

– Como você é lindo.

O que era para ser um elogio é puro lamento. Lamento cheio de tristeza. Como se ela estivesse olhando para um trem que descarrilou cheio de crianças, um povoado dizimado por uma milícia ou conferindo os restos mortais depois de uma guerra entre polícia e traficantes em uma comunidade.

– Sai daqui...

Ela começa a chorar. Um choro alto, soluçado, choro de quem sabe que está condenado.

– ... sai daqui enquanto você pode.

As lágrimas bêbadas e desesperadas finalmente fazem que ele olhe para a figura trágica ao seu lado. Uma menina carcomida pela química. Pele de velha. Dentes escuros de bruxa. Cabelos cor de abóbora ressecados, ralos, desbotados e com as raízes pretas. Moletom esfarrapado de uma dessas heroínas de franquia cinematográfica. Calça quase escapando pelas canelas secas. Chinelos protegendo os pés imundos. Olhos tão alucinados quanto tristes. Uma menina cheia de dor.

– Calma.

Ouvir a primeira palavra que sai da boca dele faz com que a menina imediatamente pare de chorar. Os olhos se iluminam um pouco, com alguma esperança. As lágrimas continuam escorrendo pelo rosto dela, a boca ameaça um sorriso. Parece que os músculos daquele rosto há muito tempo não sorriem.

– Pensei que você estivesse morto.

Os cheiros dela são estranhos; causam um certo repúdio nele. Tinta de cabelo misturado com poeira. Mau hálito junto com álcool. Suor e, principalmente, químicas. O corpo dela está tomado por cheiros aos quais o olfato dele nunca teve acesso. Ele sente dó daquela estranha figura. E de si mesmo.

– Você não tá muito enganada.

Depois de dizer isso, ele confere as pessoas em volta deles. Tortos. Mancos. Bêbados. Doidos. Abandonados. Espalhados pelo chão do beco e pelas duas ruas que dão acesso a ele.

Há outras duplas, grupos, pessoas solitárias. Um cara organiza papelões que catou. Uma mulher enfrenta um cachorro por um pedaço do osso. Outra mulher briga com uma criança por uma garrafa de cachaça quase vazia. Um velho ameaça acender uma fogueira, mas está difícil ter coordenação para isso. Do escuro, todos parecem ter a mesma cor, estarem vestidos no mesmo tom de cinza e marrom, sujos de destruição.

– Como é que você veio parar aqui?

– Parar?

Ele ainda está em um estado de estranha ebulição para perceber em sua cabeça confusa que esteja parado. Talvez ele tenha parado para descansar, depois de tudo o que andou desde que saiu do hospital.

– Você é tira?

A risadinha mostra que ele achou a pergunta absurda.

– Qual é a sua?

Ela percebe que ele não entendeu a pergunta e tenta ser didática.

– A minha é *crack*.

Ele não tem a menor vontade de explicar que o que se passa com ele não tem nada a ver com drogas. Ela preenche esse novo silêncio como bem entende.

– Você tá fugindo?

– Boa definição.

– Se estiver fugindo da polícia, melhor dar o fora. Daqui a pouco eles fazem a ronda da madrugada. Quando começar a amanhecer...

Ouvir que vai amanhecer o assusta.

– Não pode amanhecer...

– Sempre amanhece, cara. Isso é horrível.

A sensação de medo da manhã deixa o corpo dele mais arrepiado.

– ... preciso me esconder...

– Da polícia?

É do dia que ele quer se esconder. Conferindo um dos bolsos da frente da calça, ele ainda encontra algum dinheiro. Talvez o suficiente para um hotel barato.

– Tem algum hotel por aqui?

A menina entende a pergunta como uma cantada; e fica mais assustada do que empolgada.

– Eu tô doente.

– Eu preciso de um lugar pra descansar.

– Eu também preciso. Posso ir com você?

– Não.

– A minha alegria sempre dura pouco.

– Nada pessoal. Não se ofenda.

O celular, no outro bolso, vibra. Ele confere um enxame de chamadas de Sandra, três da mãe, duas do pai, uma de Paula, mais uma de um Pedrão de quem ele nem se lembra que é amigo.

Tem um monte de mensagens de texto também, de vários momentos da noite. Algumas mensagens no seu perfil nas redes sociais. Ele confere que a carga da bateria está quase acabando e que está sem carregador.

– Guarda esse celular, tá louco. Se eles virem, são capazes de comer o seu fígado pra roubar...

Arregalando mais os olhos, ela usa o final da bateria de seu raciocínio contaminado para calcular quantas pedras de crack poderia comprar com o valor daquele celular de penúltima geração.

– ... pensando bem, eu é que vou comer o seu fígado pra roubar seu telefone.

Ainda no meio da frase ela avança para cima dele, para pegar o celular. Mas ele é mais rápido. Ao mesmo tempo que a empurra, se levanta com um pulo de uma energia que ele nem sabia que ainda tinha.

– Ele tá me roubando...

O grito alucinado dela o assusta. Alguns olhos se voltam para os dois.

– ... socorro...

Ninguém vem em defesa dela. Solidariedade não deve ser a tônica das relações daquele beco.

– ... segura esse cara...

Sob os gritos malucos da menina, cada um volta a cuidar de suas próprias fantasmagorias. E ele segue andando em passos lentos, guardando o celular no bolso, sem culpa e sem pressa.

A barriga ronca. É a primeira vez que ele sente fome desde que... ele não se lembra desde quando. Considera isso um bom sinal.

– Um pingado e um pão com manteiga na chapa.

O bar é sujo. A chapa engordurada. O pão amanhecido. O café requentado. Mas tudo cai bem.

– Valeu!

O velho dono do bar, atrás do balcão, acha que ele não combina com o lugar, com a hora... a menos que...

– O rapaz é da polícia?

Ainda tem um pouco do sotaque português na voz do dono do bar.

– O senhor é a segunda pessoa que me pergunta isso em menos de uma hora.

– Se não é tira, é traficante. Não tem cara de drogado.

– Nem tira, nem traficante e nem drogado.

– Então, o que faz o rapaz aqui nesse pesadelo?

Está aí uma palavra que combina com as sensações que ele vem sentindo.

– Vagando.

– Pois não se deixe vagar, rapaz.

– Não é fácil.

– Não é. Mas tente. As vagas nos seduzem, nos tiram cada vez mais das margens e nos jogam num sabe-se lá onde de tristeza irreversível, até que nos afoguemos.

– Fernando Pessoa?

– Não sei se aquele desassossegado se sentia assim, eu me sinto.

O *Livro do desassossego*. Ele nunca leu. Só trechos. Mas gostaria de ter o livro ali, naquele lugar, naquele momento.

– Qual é o nome do rapaz?

– Caio.

– Então, Caio, peço que você pague o que me deve e saia imediatamente do meu bar...

Até aí, a frase do dono do bar parece uma ofensa. Mas não tem nada de ofensivo na maneira como ele fala. Pelo contrário. O tom é acolhedor, especialmente quando conclui o que começou a dizer.

– ... e suma o mais rápido possível desse lugar horrível.

Tão confuso quanto assustado, Caio tenta sorrir. Não consegue.

– O senhor sabe onde tem um hotel barato?

– Some daqui, menino. Volta para sua vida.

Quem dera Caio saber onde está a sua vida nesse momento. Mas será difícil ele explicar o que nem ele próprio está entendendo.

– Quanto eu devo?

Conta paga. Na calçada, Caio percebe que começa a amanhecer.

"Será que já tem algum sebo de livros aberto?"

Não muito distante dali, no centro da cidade, fica a maioria dos sebos, as lojas de livros usados. Quem sabe Caio encontre o *Livro do desassossego*? Quem sabe o livro o ajude a sossegar?

Quando Caio está cortando o caminho por dentro do que deveria ser um parque público, mas é mais um alojamento de bêbados e drogados, o celular vibra.

Novas mensagens de texto e de voz. Mesmo com tantas advertências para manter o celular fora do campo de visão das fúrias, ele resolve conferir.

Ao pegar o celular, chama a atenção a quantidade de mensagens de seu perfil. Elas avisam que há cinco solicitações de amizade vindas do mesmo remetente.

Tem um lobo querendo ficar amigo de Caio nas redes sociais.

– Tem alguma coisa errada...

Mesmo com o coração saindo pela boca e os joelhos quase não suportando o peso de seu corpo, de tanto tremer por causa do lobo parado na porta, Tunico não consegue refrear a língua.

O que ele acaba de dizer é quase absurdo de tão óbvio. Será que é o medo que está deixando Tunico óbvio?

O breu quase total, iluminado apenas por algumas velas, torna a situação dentro da agência de turismo ainda mais desconfortável para Tunico: ele entende que está em vias de ser atacado por um lobo no escuro. Não era isso o que ele tinha em mente quando resolveu ajudar o rapaz.

Não que seja inédito para Tunico encontrar-se com lobos no escuro, ainda mais depois que eles começaram a chegar mais perto do povoado para reivindicar a comida que está faltando no mato.

Na verdade, quando Tunico sai pela noite para avistar as estrelas, ele sempre se encontra com bichos, inclusive os lobos-guará, muito comuns no cerrado.

Quando vai ver o céu, Tunico sempre faz uma pequena fogueira para manter os lobos, cachorros-do-mato, jaguatiricas e outros bichos afastados. Ainda assim, de vez em quando, aparece algum lobo "querendo conversa". Eles estão cada vez mais destemidos.

Tunico está acuado. E achando o olhar intenso daquele bicho magro, pernas finas, postura impecável e com o pelo amarelo-ruivo brilhando como se ele tivesse acabado de sair do banho... muito estranho. Hostil? Se não é hostil, pelo menos não tem nada de amistoso.

O lobo parece estar pronto para atacar.

– ... ele vai avançar.

– Não diz mais nada, Tunico. Juca está quase irritado com a euforia que Tunico está usando para camuflar o medo. Mas Juca também está intrigado. Aquele olhar, aquela forma de parar na porta... Juca sabe que, se o lobo quisesse atacar, não teria avisado, não estaria esperando.

Agora, passada a surpresa inicial, de onde ele está, dá para Juca ver que o lobo não está sozinho. Tem um outro parado um pouco atrás dele, na varanda. Mais um empacado no meio da escada. E pelo menos três no quintal, fora da casa.

Quando era pequeno, Juca sempre foi fascinado pelos lobos que, muito de vez em quando, se confundiam com o caminho no mato e passavam por sua aldeia. No começo da adolescência, ele chegava a sair pelo mato para tentar ver lobos.

Parece que o lobo espera que Juca faça alguma coisa, isso ele já entendeu.

– Não se mexe, Tunico.

Depois de mais esse sussurro, Juca, sem tirar os olhos dos olhos do lobo, dá dois passos em direção à porta. Os movimentos de Juca são tão sutis que quase não se percebem suas ações. Mas são suficientes para o lobo arregalar os olhos e esticar o tronco sentado sobre as patas traseiras, como se conferisse se está em condições de atacar, se for o caso.

– Te assustei?

É com o lobo que Juca está falando.

– Tá assustado, hein?

O lobo meneia o pescoço de lado. Ele está tentando decifrar as falas do Juca?

– O que trouxe você aqui?

Nem o lobo e nem Tunico perceberam, mas, a cada nova pergunta, Juca se aproxima um pouco mais do lobo; eles estão quase frente a frente.

Ao se dar conta disso, os pelos do lobo se ouriçam e as orelhas se retesam. O lobo parado um pouco mais atrás do que está na porta ronca.

Será que ele está dando uma bronca no outro lobo, por não ter percebido a aproximação?

Mas, se quisesse, o lobo da porta teria atacado. Juca já entendeu que o lobo da porta não está pensando em atacar e nem se incomodando mais que ele se aproxime.

Dando mais um passo, Juca consegue entender que aquele animal lindo e reluzente parado na porta não é exatamente um inimigo.

O sorriso que Juca lança agora assusta o lobo.

– Calma...

Ao dizer "calma", Juca já está em frente ao lobo e começa a se abaixar.

– ... eu não vou te fazer nada...

Abaixado, os olhos de Juca ficam na mesma altura dos olhos do lobo.

– ... o que você quer?

Claro que Juca não sabe se o lobo está entendendo suas palavras. Provavelmente não está. Mas o fato é que, depois de ele ter se abaixado e de o lobo, provavelmente, ter se acostumado com a voz e o lugar, ele resolve interagir; e não exatamente com Juca.

Sem pressa, sem medo e sem o menor indício de ataque ou violência, o lobo se coloca em pé sobre as quatro patas, contorna Juca e entra na casa. O outro lobo, que está na varanda, solta um ronco bravo, quase enciumado.

A elegância dos passos do lobo, trocando as patas sem pressa, deixa Juca ainda mais encantado.

Até Tunico, que está quase se borrando de medo, baixa um pouco a guarda para admirar a beleza do corpo magro, a firmeza e, ao mesmo tempo, a delicadeza dos movimentos, desviando dos móveis e se acostumando com o lugar.

– O que será que ele quer?

Agora, Tunico já está, digamos, mais acostumado com a situação; seja lá o que isso signifique em um caso como esse. A fala dele não tem mais tom de nervoso ou histeria. Ele consegue falar baixo e pausado, como Juca vinha fazendo.

– Você hipnotizou o lobo, Juca.

– Tá mais pro contrário.

O ronco do outro lobo, aquele que estava na varanda e agora está parado na porta, exatamente onde esteve o lobo que entrou na casa, chama a atenção de Tunico e de Juca. Um ronco curto, mais alto, mais enérgico e que não parece ser tão amistoso como o outro.

– Melhor ficar esperto com esse, Tunico. Parece que ele tá bravo.

O lobo parado na porta solta alguns sons curtos, de tom seco e que lembram um rosnado, bravo e aflito; uma advertência.

– O que será que ele tá dizendo pra gente?

– Ele tá se comunicando com o outro lobo.

Juca tem razão. Pelo entendimento dele, um lobo está dando uma bronca no outro?

– Existe isso, Juca?

Se existe isso, se os lobos costumam se dar broncas como os humanos, se esse tipo de atitude faz parte do repertório deles, será difícil confirmar agora.

Se for uma bronca, parece que não surte efeito. O lobo dentro da sala não está nem um pouco interessado em acatar a bronca que está levando. Ele continua trocando as patas lentamente pela sala, vasculha uma mesa, fareja uma pilha de livros de capa dura de expedições de aventura... até chegar ao sofá onde o cara está deitado.

– Juca...

– Fica quieto.

A bronca de Juca é porque Tunico se assustou com o que viu e levantou a voz para falar. Claro que Juca também ficou mais atento à aproximação do lobo em direção ao cara desacordado no sofá.

A desvantagem dele é maior do que a desvantagem de Juca e de Tunico; se é que há alguma desvantagem.

O lobo, intrigado, confere o corpo deitado, fareja seus pés, suas pernas, o peito do cara. E nem assim, seja pelo calor, pelo bafo ou por causa dos pelos do focinho... nada disso faz o cara esboçar a mínima reação.

O lobo na porta ronca mais uma vez. O lobo da sala senta-se sobre as patas traseiras ao lado do sofá, como estava sentado à porta quando chegou. O lobo da porta ronca de novo; mais bravo, mais autoritário.

O lobo ao lado do cara que dorme resolve encarar a bronca e ronca também. Um ronco destemido, de quem parece saber muito bem o que está fazendo.

– Eles vão brigar.

Assim que Tunico lança essa suposição, um raio ilumina a sala, o estrondo de um trovão faz a casa estremecer e o cara adormecido no sofá acorda.

– **Se der algum "pau" no meu *laptop*,** eu vou cobrar da pousada.

É a terceira ou quarta variação da mesma frase que sai da boca de Patrícia com a mesma ideia.

Desta vez, qualificando de uma maneira bem vulgar a possibilidade de uma pane em seu computador. "Vulgar" para uma garota que quer se mostrar sempre tão superior. O que Patrícia quer é ser recompensada se o apagão tiver danificado seu computador.

– Já entendi.

Quando Lucinha dá essa resposta a Patrícia, recheada de irônica paciência, o gerador da pousada já foi acionado e, mesmo um pouco mais fraca, a luz já foi reacendida. Não dá para entender a fúria.

– Vocês cobram um absurdo pelo preço da diária...

Alguns outros hóspedes, que estavam jantando ou que faziam hora na recepção, não estão conseguindo juntar a fúria da hóspede ao episódio acontecido: caiu um raio por perto e acabou a luz, simples assim.

– ... é uma incompetência. Tudo neste país é pura incompetência.

– Patrícia, por favor.

– Se eu perder os dados do meu trabalho...

É a primeira vez que Patrícia comenta que há um trabalho ou que esteja trabalhando. O que ela deixa escapar interessa a Lucinha. Até onde ela sabe, a insuportável Patrícia diz-se veterinária e estaria ali de férias ou "dando um tempo", como Lucinha já ouviu Patrícia falar ao celular.

Mas, por enquanto, é melhor Lucinha não interagir, só saber.

– Nesse momento, o que eu posso fazer por você é emprestar um estabilizador de voltagem, para que, se a energia voltar com uma carga muito forte, o seu computador não receba uma descarga de energia que o danifique.

– Eu não preciso do seu estabilizador.

É a última frase de Patrícia, antes de virar as costas e subir novamente as escadas por onde ela já desceu blasfemando.

Pepeu, o sobrinho espetado de Lucinha, entrou na sala no meio da cena de Patrícia e fez questão de ficar quietinho no canto. Na verdade, ele estava apagando as mensagens de texto que tem recebido de Cris, sua ex-amiga-pretendente. Nos últimos dias, não pararam de chegar tentativas de aproximação de Cris; todas deletadas.

Agora que terminou o que estava fazendo, ele resolve falar com a tia...

– Acho que as coisas devem estar dando errado pra essa bruxa.

Quando viu o sobrinho na sala, Lucinha pensou em repreender o garoto. Pepeu mora com a tia nos fundos da pousada e sabe que não é para aparecer nas áreas reservadas aos hóspedes, e muito menos interagir com a tia enquanto ela interage com os hóspedes; a menos que ela o chame ou peça alguma coisa.

Mas o que acaba de ouvir de Pepeu agrada e interessa a Lucinha.

– Acho que você tem razão...

E mais: desta vez, se Pepeu está ali, é porque retornou após atender a um pedido da tia.

– ... vem, Pepeu.

Lucinha escolheu conversar com o garoto na cozinha.

– Falou com ela?

A cozinheira está terminando de lavar os panelões onde foram preparadas as sopas que a pousada serve à noite para os hóspedes. Trata-se de dona Zinha, uma mulher grande, forte, de cara emburrada e que finge não estar ali; mas que está com os ouvidos, poros e sentidos totalmente ligados na conversa que acaba de começar.

– Falei.

– O que foi que ela disse?

– Nada.

A panela escapa das mãos de dona Zinha. Talvez pela indignação com o que acaba de ouvir?

– Como assim, Pepeu?

– A madrinha escutou tudo, mas não disse nada.

Lucinha pediu que Pepeu fosse à casa de dona Cida para tentar convencer a senhora a ir passar uns tempos na pousada.

Todas as pessoas mais próximas estão ficando preocupadas com o silêncio e isolamento de dona Cida que, além do trauma da perda de Lia, não é mais nenhuma criança.

– Será que eu vou ter que ir até lá?

– Acho que não vai adiantar, tia.

O garoto tem razão. Se nem Pepeu, um dos afilhados mais queridos de dona Cida, conseguiu convencê-la, é pouco provável que Lucinha conseguirá.

– Eu vou até lá...

O interfone toca. Dona Zinha confere no painel da parede de onde vem a chamada: do quarto de Patrícia.

– Dona Lucinha, a "atentada" tá chamando.

– Por favor, dona Zinha, atende pra mim? Eu não estou com o menor estômago para essa praga.

O interfone insiste. A cozinheira atende e anota o pedido.

– A "cruza-ruim" quer um chá de hortelã, dona Lucinha.

Lucinha acha graça no tom "batata quente" da cozinheira quando ela se refere a Patrícia.

– Tinha que mandar um chá de espinhos pra ela, isso sim.

– Faço ou não faço, patroa?

– Temos que fazer, né? A senhora leva, por favor?

Colocando a água para ferver, a cozinheira protesta:

— Ah, não, dona Lucinha! A senhora pode até me mandar embora, mas eu não vou entrar no quarto da "cruza-ruim".

O tom de dona Zinha é de quem acaba de ver uma assombração. Desta vez, Lucinha não acha graça. Fica curiosa. Tem mais do que brincadeira no jeito de falar da cozinheira. Parece que ela está com medo de verdade.

— Por que isso, dona Zinha?

A cozinheira percebe que deixou escapar mais do que gostaria.

— Nada não.

O olhar curioso e espetado de Pepeu deixa a cozinheira mais incomodada.

Lucinha insiste...

— Desembucha, mulher.

Vendo que não tem outro jeito, enquanto tira as folhas de hortelã do talo e as joga na chaleira onde a água começa a ferver, a cozinheira "desembucha"...

— Tá todo mundo falando...

— Todo mundo quem?

— A arrumadeira falou... ah... ela vai me matar...

— Fala logo.

— Não diz que fui eu quem falou. Mas a arrumadeira me contou que... tem um clima... uma energia muito ruim dentro daquele quarto.

Os olhos de Pepeu se arregalam mais que seus cabelos. Lucinha junta as sobrancelhas, franze os lábios, espalhando pelo rosto a incredulidade com o que acaba de ouvir.

— Deixa de bobagem, dona Zinha. Essas coisas, essas fofocas, vão ganhando forma, crescendo e só servem pra assustar. Não fica espalhando e nem acredite nessas bobagens.

Nada convencida de que Lucinha esteja certa, a cozinheira só diz...

— A senhora manda!

... e volta a se concentrar na ebulição do chá de hortelã e a remoer a sua própria ebulição.

— Crendices!

O sinal sonoro do despertador no bolso de Lucinha faz ela se lembrar.

– Tenho um *call* com os gringos...

Regularmente, Lucinha faz reuniões pela internet com os holandeses, donos da pousada.

– ... já volto.

Assim que Lucinha sai...

– Deus me livre de entrar naquele quarto.

– Eu levo.

A segurança e a euforia de Pepeu quando ele se oferece intrigam dona Zinha.

– O que é que você tá querendo, menino?

– Deixa que eu levo o chá.

A bandeja com o bule, a xícara e o prato de louça com torradas é um pouco grande para o tamanho e magreza de Pepeu. Isso não parece atrapalhar o garoto. Ele sobe as escadas, atravessa o corredor e bate na porta, tomando cuidado para não fazer muito barulho, mas com força o suficiente para ser ouvido.

– *Entra.*

Pepeu abre a porta e entra. Patrícia está na varanda, com o *laptop* aberto e papéis, pastas, blocos de notas sobre a mesa.

– Dá licença!

Desde que colocou os pés no quarto, Pepeu se ligou na tela do *laptop*. Ele vai andando pelo quarto devagar, para fazer o mínimo de barulho possível e, quem sabe, chegar à varanda sem ser notado e poder vasculhar o que Patrícia tem na tela.

– Pirralho!

É assim que Patrícia tem chamado Pepeu; e em um tom um tanto quanto pejorativo.

– O chá que a senhora pediu.

Antes de Patrícia camuflar a tela, Pepeu conseguiu ver o título da reportagem: "*Lobos atacam na região sudeste.*"

– Deixa o chá aí e some.

Pepeu coloca com cuidado a bandeja em cima da mesa da varanda e fica parado ao lado dela, criando coragem.

– Eu não disse para dar o fora?

Mesmo tendo que fazer algum esforço para as pernas não tremerem, Pepeu não arreda um passo.

— Se está esperando gorjeta, desiste.

— Eu tenho um recado pra senhora.

Se não tivesse falado tão rápido, como se vomitasse a frase, talvez Pepeu nem conseguisse falar. Patrícia se interessa. Impossível ela não perceber que o que o garoto tem a dizer será de seu interesse.

— Recado de quem?

— Da dona Cida.

cinco

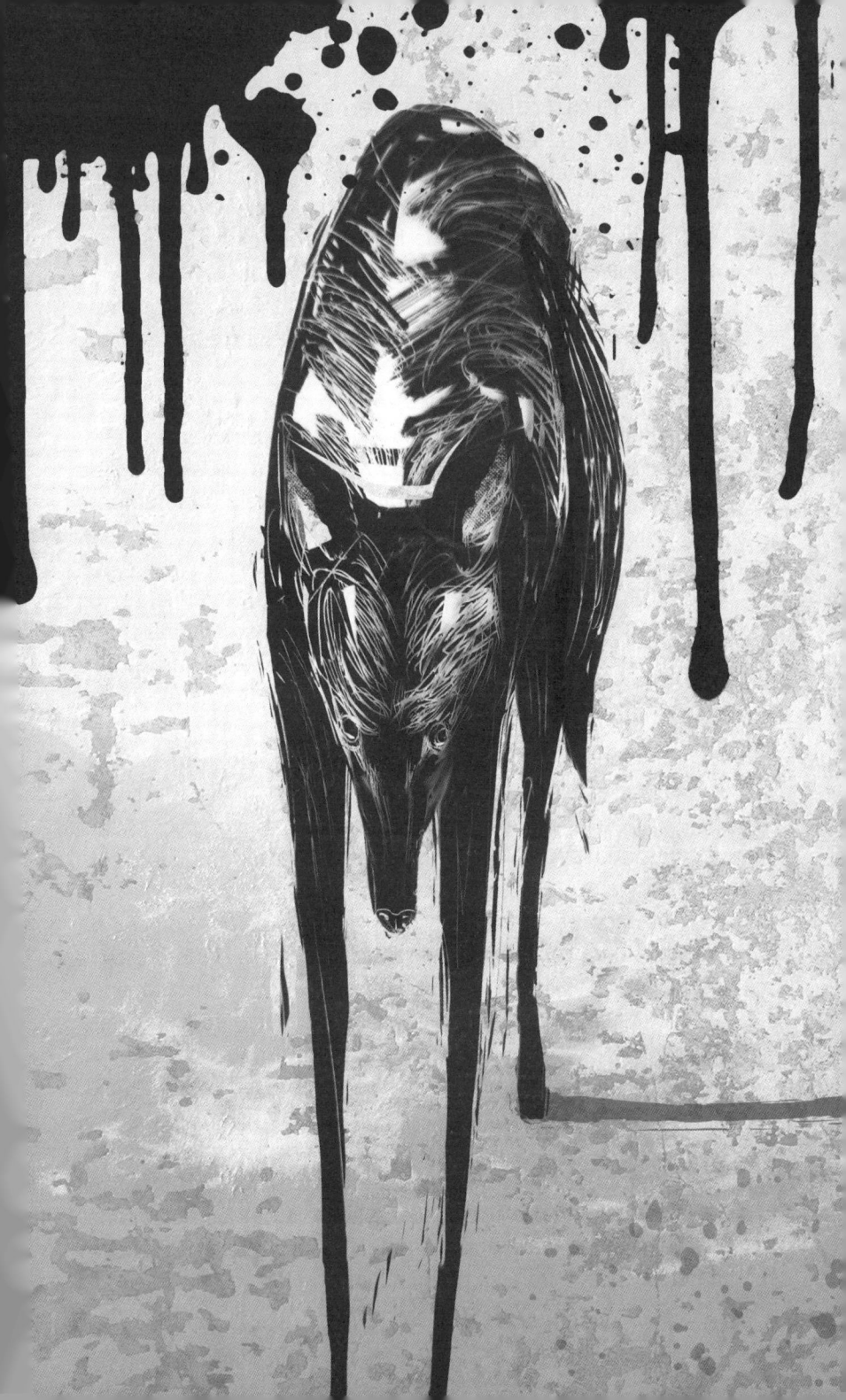

"Um lobo querendo ficar meu amigo nas redes sociais."
Repetindo essa ideia, mas sem interagir com ela, sem confirmar a intenção do suposto lobo de aceitar ser seu amigo ou não, Caio segue vagando, dividido pelo que ele não sabe se é o fim da madrugada de sua fuga da vida velha ou o começo da próxima manhã de sua nova forma de existir.

Essa divisão assombra Caio ainda mais. É como se ele visse a si mesmo vagando, sem identidade, sem destino e sem a menor ideia do que está acontecendo com ele.

"Prefiro que seja o fim da madrugada."

Pensar que mais um dia está para começar aumenta o desassossego de Caio. Desassossegar-se mais leva Caio de volta às palavras do dono do bar para que ele fosse embora do pesadelo.

"Um lobo quer ser meu amigo."

Não passa pela cabeça de Caio que seja, literalmente, um lobo quem está chamando-o pela internet. Isso é ainda pior. É alguém querendo brincar com ele? Provocá-lo? Alguém que sabe mais do que ele?

"Mas quem?"

Alguém que quer confundir Caio? Atraí-lo?

"Quem?"

A bateria do celular está no talo. Caio está no talo. Melhor não responder agora. Melhor descansar. Pensar no quanto está cansado parece aumentar o cansaço.

Lembrar-se dos lençóis com centenas de fios egípcios de seu quarto na casa dos pais arrepia Caio. Ele se sente prestes a ser enjaulado e acelera o passo para lugar nenhum, mas sabendo que, seja lá para onde estiver caminhando, não irá para a casa dos pais.

Manter os olhos abertos começa a ser um sacrifício. Lembrar-se do cheiro do amaciante nos lençóis e pijamas embrulha o estômago. O tosco lanche de pão amanhecido quase volta.

Tem mais carros circulando em volta de Caio. As luzes dos postes começam a se apagar. Mais motos. Mais pessoas nas calçadas. Ainda mais carros. Gasolina. Óleo queimado. Perfumes baratos. Café. Fritura. O próprio suor.

Os odores também perturbam. Sentir os cheiros tão intensamente assusta.

Nenhuma luz acesa nos postes, só dos letreiros luminosos das lojas de eletrônicos e de equipamentos elétricos para carros e motos.

Se Caio tivesse uma moto! Caio poderia ter uma moto. É só se encaixar de novo na vida que ele levava. Mas esse é o problema. Caio não cabe mais nessa vida. Essa é uma das poucas certezas que ele sabe ter.

"Certeza?"

Quanta pretensão achar que dá para ter alguma certeza no estado deplorável em que Caio se encontra. Ele fica triste. Perde ainda mais o chão. Não consegue impedir que algumas lágrimas escorram por seu rosto cansado.

"Tô acabado."

É dando uma busca à sua volta, procurando um hotel barato, que Caio vê a porta se abrindo. Uma porta estreita de garagem, meio enferrujada. O garoto magrelo e sonolento quase não tem forças para abrir a porta sozinho. Ele é tão alto quanto a porta.

– Lá vem o poeta...

É o que Caio escuta do garoto sonolento mas simpático, enquanto ainda se aproxima dele.

"Poeta?"

Caio não entende, estremece. Ele não reconhece poeta e nem poesia em si mesmo. O garoto arregala os olhos, pisca e mostra que se confundiu.

– Pensei que fosse o poeta.

Se o falso ID de um pseudopoeta tinha deixado Caio perturbado, perdê-lo piora tudo. Por aqueles míseros segundos, Caio teve uma identidade em que se escorar. Agora, ele voltou a vagar à beira do precipício.

– Quem me dera.

Saber que aquele cara não é quem ele pensava intriga, confunde e afasta a simpatia inicial com a qual Caio foi recebido.

– Melhor você dar o fora.

Alguma coisa que ele entendeu em Caio faz o garoto dar esse corte tão hostil. Caio se ofende.

– Calma.

O cheiro de banho tomado que Caio vinha sentindo parece saltar ainda mais dos poros do garoto. É o medo que faz o garoto transpirar.

– Aqui não tem nada do que você tá procurando.

O cheiro de papel, a poeira e os ácaros que vêm de dentro do corredor estreito e cheio de prateleiras dão alguma esperança a Caio.

– Como você sabe o que eu estou procurando?

O garoto está confundindo Caio com um drogado? Um bandido? Um mendigo?

– Melhor você dar o fora.

– Eu estou procurando um livro.

A expressão no rosto do garoto se reconfigura. Alguém procurando um livro, ali é um sebo... tudo começa a fazer sentido.

– Qual livro?

– O *Livro do desassossego*.

"Faz sentido"? Mais ou menos.

– E você vai pagar com o quê?

Se Caio quisesse, ele poderia comprar o sebo inteiro; mas essa arrogância, agora, não ajudará em nada.

– Como você preferir.

A pergunta do garoto lembra a Caio que, no quesito poder de compra, pelo menos, ele continua intacto. Além do dinheiro que ainda tem, o cartão de crédito e débito continua em seu bolso.

– A edição que eu tenho é cara.

Que bom que o garoto começou a blefar. Caio está mais acostumado a ser tratado assim, como alguém que pode, do que como alguém que não pode.

Caio até sorri.

– Deixa ver se ela me serve.

Enquanto o garoto revira as caóticas prateleiras de poesia, Caio sente uma tontura. Cansaço. Sono.

– Essa parte é a mais confusa...

O garoto está se referindo ao caos das prateleiras. Ele fala de costas para Caio, conferindo os tomos dos livros. O tom do garoto, ao falar, é quase de amigo. A tontura de Caio aumenta. Ele foca os olhos na inofensiva nuca do garoto. E sente uma enorme vontade de atacar. Principalmente porque o garoto está de costas, desprotegido.

Atacar como se o garoto vendedor de livros fosse um bicho acuado. Atacar por quê? Pelo cheiro? Pelo sangue? Por instinto? Para cumprir sua nova natureza?

Caio não consegue entender. E se assusta. E se entristece ainda mais. O sangue de Caio ferve. Sua pulsação aumenta. Seus olhos ardem. Está ficando insuportável não atacar...

– Achei!

O sorriso alegre do garoto, quando ele se volta com o livro de capa dura na mão, destrói totalmente o plano de ataque que Caio estava formulando.

– É uma edição de Portugal. Meu pai comprou na cidade do Porto...

E destrói ainda mais o próprio Caio ao constatar que ele quase atacou um garoto magro, sorridente, sensível, de costas e inofensivo.

– ... por isso eu falei que custava caro.

Pela maneira como fala, é como se o garoto já tivesse carimbado em Caio a chancela de amigo.

– Eu vou levar.

A frase de Caio é aflita, urgente. A maneira como ele tira o livro das mãos do garoto também. Caio quer se livrar daquele lugar o mais rápido possível. Ele teme que volte a vontade de atacar. Mesmo magro como está, Caio é muito mais forte do que o garoto.

"Agir é reagir contra si próprio."

Essa é a primeira frase que salta do livro para Caio. O preço não assusta. Assusta o garoto Caio entregar a ele as três notas iguais que tinha no bolso.

– Uma nota só.

Mas Caio já não tem mais ouvidos para o troco e nem para nada. Ele não está mais ali. Já vai pela calçada comprimindo o livro debaixo do braço e tentando afastar o mais rápido possível o bicho que ele viu surgir dentro dele, o bicho que ele se viu capaz de ser.

As pessoas é que têm que desviar de Caio nas calçadas. Os carros que se virem para não atropelá-lo quando ele resolve atravessar as ruas e avenidas no ponto em que bem entende.

– Um quarto, por favor.

O hotel antigo e malcuidado é uma espelunca. A portaria é precária. A gerente malcuidada e muito maquiada parece ter saído de um filme *trash*.

– Pagamento adiantado.

O cartão de Caio ainda não está bloqueado. O elevador está despencando, o corredor encardido, a cama de solteiro tem lençóis coloridos de quinta categoria. Quase não sai água do chuveiro, o sabonete enjoa, o banho não dá a menor sensação de limpeza.

Caio não se reconhece na imagem que vê no espelho carcomido.

"A miséria da minha condição não é estorvada por estas palavras conjugadas, com que formo, pouco a pouco, o meu livro casual e meditado..."

A página aleatória em que Caio abre o livro de Pessoa tem o efeito de uma bordoada.

"... tudo isso é sonho e fantasmagoria."

O cansaço é tanto que a luz que entra pelas frestas esgarçadas da janela sem cortinas nem perturba mais. Quando está quase caindo no sono, Caio confere o celular que deixou na mesinha de cabeceira manca.

Ainda tem um fiozinho de bateria. O suficiente para conectar-se à internet. O suficiente para aceitar a amizade do lobo.

O excesso de luz assusta mais do que o escuro. Parece que todos estavam acostumados ao foco das velas e não têm nenhuma intimidade com o clarão elétrico. Principalmente Tunico, Juca e o cara ex-adormecido.

Por incrível que possa parecer, o lobo dentro da sala foi quem menos se ressentiu com a sobrecarga de luminosidade.

Parece até que a chegada da luz reconfigurou as intenções do lobo da porta. Sem medo e sem pressa, ele virou as costas para o lobo que está na sala, juntou-se aos outros lobos e foi em direção ao mato.

O lobo que ficou na sala não parece interessado em seguir seus pares ou incomodado por ter sido deixado para trás. Ele está mais interessado em conferir o cara deitado no sofá.

– O que foi que o lobo viu nele?

Tunico e Juca estão a uma distância suficiente para que o sussurro de Tunico não chegue aos ouvidos do cara. Mesmo se chegasse, não parece que ele já esteja conectado o suficiente ao tempo e ao lugar para ouvir o que quer que seja.

– Não faço a menor ideia.

– Você não acha que ele tem cara de jovem pra tantas rugas?

– Acho.

O rapaz, ainda que acordado, precisa fazer um grande esforço para manter os olhos abertos. Ele está visivelmente debilitado.

– O cara nem consegue mexer a cabeça.

O máximo que consegue mover são os olhos. E com o olhar confuso, ele vasculha o lobo à sua frente, a sala em volta deles e, finalmente, os dois outros caras que dividem a sala com ele e o lobo.

Conferir Tunico e Juca parece assustá-lo mais do que ter um lobo parado ao seu lado.

Mas parece que ele começa a se lembrar de alguma coisa...

– Obrigado.

É com Tunico que ele está falando. A voz é lenta. Claro que Tunico sabe sobre o que ele fala.

– Não sei se eu ajudei muito.

Parece que o cara já está se lembrando de mais coisas do que gostaria. Os olhos assustados dele vasculham com mais curiosidade a figura do indígena ao lado de Tunico.

– Eu tô morrendo.

O que o cara acaba de dizer sai como um pedido de socorro.

– Qual é a sua história?

Estava mais do que na hora de alguém fazer essa pergunta. Antes de responder ao que Tunico perguntou, o cara confere mais uma vez o lobo e se senta. Não é fácil para ele movimentar tantos ossos e músculos.

– Eu fiz uma grande besteira...

Nenhuma pergunta.

– ... eu traí a única pessoa que podia me ajudar a ficar vivo.

O lobo escorrega sobre as patas da frente e acomoda o focinho comprido no chão, como faria um cachorro de estimação ao lado de seu dono.

– Daria pra você dizer pelo menos uma frase que fizesse sentido para nós também?

A pergunta de Tunico não tem nada de invasiva ou de tom de desdém. É quase uma brincadeira. Ele quer ajudar o cara a se soltar.

– Sentido... tô tentando... mas não sei se vocês vão acreditar...

– Faz um esforço.

Depois de uma pequena pausa para escolher por onde começar...

– Vocês conheceram a Lia...

Não é uma pergunta. Tunico sente um aperto no coração.

– O que é que tem a Lia?

– Aconteceu uma coisa muito... triste com ela, vocês sabem...

Uma pausa para conferir o lobo.

– ... ela foi... os lobos queriam a Lia...

– Como você sabe?

O tom de Tunico agora é trêmulo, afetado, quase violento.

– Todo mundo sabe.

– Todo mundo quem?

– Quer dizer, todo mundo que sabe que as conexões vão muito além do que se entende como natural...

Ao terminar o que acaba de dizer, o cara olha para Juca, como se buscasse no olhar dele algum tipo de cumplicidade com o que falou.

– ... a cabeça da gente, as ondas cerebrais... são capazes de tudo, é só saber acessar...

Juca, por meio da cultura de seu povo, sabe perfeitamente sobre o que o rapaz está falando; mesmo que dê a esse saber outro nome que não ondas cerebrais.

Mesmo assim, ele não dá a menor demonstração de concordar ou discordar do que está ouvindo. Tunico, mesmo tendo menor alcance do que Juca, estuda astronomia, os astros, energias planetárias e não é nenhum ignorante... ele sabe muito bem que não há nada de absurdo no que o cara acaba de dizer.

– ... os lobos queriam a Lia. A Lia não cabia mais na vida que ela levava...

– Aonde é que você quer chegar?

– Calma, Tunico.

– Calma? O cara vem com esse papo enrolado sobre a Lia...

– Você e a Lia... tinham alguma coisa?

A pergunta do cara ofende Tunico.

– Você se acha em condições de fazer perguntas?

O clima está pesando um pouco demais entre Tunico e o cara. Melhor Juca intervir...

– Eles eram namorados.

– Juca!

– Fica calmo, Tunico.

– Calmo, Juca? Você ouviu o que ele falou?

– Deixa o cara terminar. Qual é o seu nome?

– Rafa.

– Então, Rafa, tá um pouco difícil pra gente entender sua lógica.

– O que eu estou querendo dizer não é muito fácil nem pra dizer e imagino que muito menos pra entender. Os lobos conectaram a Lia à energia deles. Ela se deixou conectar...

– Como assim?

– Esses bichos são muito... fortes. A mente deles... nós não temos ideia do que eles são capazes. Não é à toa que, desde sempre, tem esse monte de histórias sobre os lobos e suas possibilidades de transmutações.

– Você tá querendo dizer que a minha namorada Lia virou loba?

– Quem disse isso foi você.

– O que você tem a ver com isso tudo?

– A conexão da Lia com os lobos, o canal de comunicação que ela abriu pra sensibilidade, pra mente dela, transformou a Lia em um ser híbrido. Uma mistura de gente e de... "não gente"...

Dá algum trabalho para o rapaz encontrar essa maneira de formular o que ele queria dizer: "não gente".

– Você quer dizer "bicho".

Rafa pensa um pouco antes de continuar...

– Não é a melhor definição. Quer dizer, no caso da Lia até é, foi com os lobos que ela se conectou.

– Então, qual é o problema de dizer "bicho"?

– É que existem outras pessoas, em que outras conexões que não as conexões com a energia animal, as tiraram do que elas eram, do que se entende por ser humano, e as lançaram em um... limbo... esse lugar entre ser e não ser...

A fúria contida de Tunico impede que ele perceba, mas de Juca não escapa a maneira... dolorida... vagarosa... como Rafa alonga sua explicação.

Além da dificuldade de falar, por causa da fraqueza, isso mostra o quanto está sendo difícil comentar esse assunto.

– Tá bom, eu aceito o "não gente".

Entendendo a arrogância de Tunico como nervosismo, Rafa prefere ignorá-la e continuar de onde tinha parado.

– ... e a energia dos lobos com a qual a Lia se deixou conectar foi tomando conta dela cada vez mais. Até que ela não teve outro jeito e foi viver a vida que sua própria natureza pedia que ela vivesse.

– Como você sabe disso tudo?

Ah! Finalmente Tunico escolhe a fala certa para o momento certo.

– Porque fui eu que ajudei a Lia a se juntar aos lobos.

Tunico parte para cima de Rafa. Juca tem que segurá-lo.

– Calma, Tunico.

– Esse cara raptou a Lia.

– Não é nada disso. Eu salvei a Lia.

– Ela sumiu quando estava indo para o hospital.

– Aquilo era uma armação.

– De quem?

Rafa sabia que a conversa chegaria a esse ponto.

– Tinha muita gente interessada em ter a Lia do seu lado.

– Pode me soltar, Juca.

Ainda desconfiado, Tunico já entendeu que exagerou; e Juca solta Tunico. Depois de refletir um pouco, Tunico pergunta...

– Tudo bem, você salvou a Lia... de quem?

– Desse fazendeiro que morreu, Dr. Hercílio... ele tinha armado com o delegado de levar a Lia para a fazenda dele.

– E o médico que estava junto com eles?

– Médico?

Rafa está sendo sincero. Quando ele interceptou a ambulância, só o delegado estava transportando a Lia.

– O Dr. Billy...

– Não tenho a menor ideia.

– Mas vem cá, Rafa: esses caras são... ou melhor, eram... ainda bem! Eles eram bem perigosos... como é que você salvou a Lia?

– Cuspindo fogo...

Não tem nada de ironia no tom de Rafa.

– ... eu fiz o delegado parar a ambulância cuspindo fogo.

– Difícil de acreditar.

– Tem um monte de detalhes menos importantes sobre isso que eu posso falar outra hora, se vocês quiserem...

Não dá para ignorar que a energia de Rafa está quase acabando. Quer dizer, Tunico tenta ignorar. Ele quer saber mais...

– Quem te colocou nessa história?

– O dono do circo.

– Você era do circo?

Pergunta óbvia nessa altura do campeonato, mas...

– Era. E, antes que você pergunte, o dono do circo era uma das pessoas que também queriam a Lia. Ele pediu pra eu tirar a Lia das mãos dos caras... e levar para ele. Só que... em vez disso... eu deixei a Lia escapar...

As últimas frases de Rafa saem ainda mais entrecortadas. O ar falta para completar algumas palavras. Ele está quase perdendo os sentidos de novo.

– ... e o dono do circo... ele... me abandonou aqui...

Rafa começa a se apagar...

– ... fogo... me leva pro fogo...

– Lá vem ele com esse papo de fogo!

Encarando Juca, Rafa pede.

– ... por favor, me leva pra sua tribo.

A surpresa de Patrícia não poderia ser maior quando Pepeu deu a ela o recado de dona Cida.

"Então a bruxa quer falar comigo!"

Surpresa misturada a uma euforia exuberante, quase alucinada. O que ela acabou de ouvir é bom demais para ser verdade. Patrícia não quer que nem um milímetro desse êxtase chegue até o garoto espetado.

– Quem é dona Cida?

– A senhora sabe muito bem quem é a dona Cida.

Não tem nada de grosseiro no jeito de falar de Pepeu. Mas a segurança dele ao olhar para Patrícia *versus* o tamanho e a magreza do garoto são de espantar, e deixam Patrícia ressabiada. Ainda mais quando ela percebe que, mesmo tendo tirado a notícia da tela, Pepeu continua ligado no *laptop*.

"Esse menino é esperto demais."

Patrícia ainda está tentando dar importância zero à conversa que começa a se formar.

– Ah... a vó da "menina loba"...

– A dona Cida pediu que a senhora vá falar com ela o quanto antes.

– Por que ela não vem até aqui?

Pepeu não diz nada.

– Se quer falar comigo, a velha que venha até aqui.

Pepeu continua mudo. Ele sabe muito bem que, quanto menos falar, melhor.

– Você diz para aquela bruxa que...

Tarde demais. Pepeu já virou as costas e está saindo do quarto. Mas uma ideia que passa pela cabeça de Patrícia a faz jogar uma isca...

– Você gosta de *videogame*?

A pergunta de Patrícia faz Pepeu parar, um pouco antes de chegar à porta. Ele para, mas não se volta. Claro que ele adora *videogames*.

– Eu posso te dar um *videogame* novo...

Pepeu se vira e cola os olhos empolgados nos olhos de Patrícia.

– ... quer?

– Todo mundo sempre quer um *videogame* novo.

O olhar de Pepeu deixa bem claro para Patrícia que ele não disse nem sim, nem não.

– Acho que você pode me ajudar. Você conhece todo mundo por aqui, não conhece?

– Depende de quem a senhora tá chamando de todo mundo.

– Eu já entendi.

O tom superior de Patrícia faz Pepeu ter um certo medo de perder o *videogame* novo. Ele resolve ser mais simpático.

– O que foi que a senhora entendeu?

– Pode parar de encenar essa "superioridade" que você acha que pode ter só porque eu incluí você nos meus planos.

– Eu não disse que vou ajudar a senhora em nada.

– Não disse, mas vai.

Parece que um precipício se abre entre Pepeu e Patrícia. Um precipício onde o garoto está prestes a cair.

– É melhor eu ir embora.

– Se você der mais um passo, eu conto tudo pra sua tia.

Os pés de Pepeu colam no chão.

– Conta o quê?

– Que você traiu a confiança dela. Ou você acha que eu tô pensando que ela sabe que a bruxa tá usando você como garoto de recados?

A cabeça de Pepeu pesa no pescoço e tomba para a frente.

– A senhora...

– Calma, garoto...

O tom acolhedor de Patrícia é pura ironia, claro.

– ... eu não vou contar nada para sua tia. Eu não tenho intenção de ter nenhuma intimidade com ela.

– Obrigado.

– Cedo demais para você me agradecer.

– O que a senhora quer que eu faça?

– Primeiro, que não faça mais nenhuma pergunta. Espere saber o que eu preciso de você. Entendeu?

– Entendi.

O silêncio de Patrícia é para fazer com que Pepeu padeça o máximo de tempo possível, refletindo sobre a enrascada em que se meteu ao trazer o recado de sua madrinha.

Quando Patrícia se dá por satisfeita...

– Já deu o seu recado, garoto, agora some.

Quando Pepeu vai saindo...

– Leva essa bandeja daqui.

– Mas a senhora não vai tomar o...

– Você me enrolou tanto, que o chá esfriou. Joga essa porcaria fora. E se a incompetente da sua tia colocar o chá na minha conta, já sabe.

Não tendo a menor dúvida de que Patrícia possa armar mais um *tsunami* por causa de um chá, Pepeu recolhe a bandeja e sai do quarto o mais rápido possível.

Assim que Pepeu sai, Patrícia tranca a porta e volta à varanda, para continuar acompanhando notícias sobre ataques dos lobos.

Primeiro, ela conclui a leitura da notícia que estava na tela, falando sobre os ataques de um lobo em duas cidades na região sudeste.

"Lobo!"

Depois ela abre uma outra notícia que já tinha selecionado. É de alguns dias antes. Moradores da periferia de uma cidade-

-satélite da capital do país também reclamando de terem tido seus quintais invadidos por um lobo.

"Lobo! Sei..."

Nem bem começa a refletir sobre um detalhe que detectou nas duas notícias, um aparelho começa a soar dentro da mochila de Patrícia. Ela sabe que não é o celular. É um radiotransmissor.

– *Dona Patrícia?*

O sinal está ruim. A estática domina. Mas Patrícia sabe muito bem quem está chamando.

– Fala.

– *Dá pra falar agora?*

– Fala logo.

– *Será que a senhora poderia dar um pulo aqui em cima...*

Ao ouvir a localização "aqui em cima", Patrícia percebe que, mesmo com o chiado, a voz com sotaque caipira do outro lado da linha está audível demais para o gosto dela.

– O que aconteceu?

– *"Us bichinho"...*

– O que é que tem?

– *... eles tão muito estranhos...*

– "Estranhos" como?

– *... parece que vão quebrar tudo.*

Claro que Pepeu ouviu tudo do lado de fora do quarto: o rádio vibrar, Patrícia atender, a estática, a voz com sotaque do interior, Patrícia abaixar o rádio. Mais claro ainda que o garoto espetado ainda não tem a menor ideia que "us bichinho" a quem o homem do outro lado da linha se refere são os *dobermanns* que trucidaram o fazendeiro e o delegado.

seis

Abusando da sorte? Talvez. Confiando demais no que ela entende como sua superioridade? Pode ser. Subestimando a capacidade de sinapses e conexões dos moradores do vilarejo e das outras pessoas à sua volta? Com certeza!

Quando desliga o radiotransmissor, pega a mochila e sai da pousada em seu carro em direção à fazenda, Patrícia não toma a menor precaução para evitar que seja seguida.

Ao sair da pousada, há pouco mais de meia hora, claro que Patrícia deixou interrogações pela sala onde cruzou com Lucinha...

– Aonde você vai a essa hora?

– Meta-se com a sua precária vida, Lucinha.

– Os lobos...

– Eles é que têm que ter cuidado comigo.

... e também interrogações no mato perto da varanda, onde Pepeu estava escondido desde que, pelo que ouviu, entendeu que Patrícia ia sair.

Pepeu pensou em seguir Patrícia. Até chegou a guardar no bolso o celular que vasculhava.

"... mas, de bicicleta? Não dá."

... ainda mais com as pernas magrelas. Na primeira acelerada que Patrícia desse no 4x4 preto metálico acabava-se a perseguição. E o que é pior: se Patrícia percebesse que o garoto estava seguindo o carro (e ela perceberia!), seria o fim de Pepeu sob todos os pontos de vista.

Voltando a Patrícia... Mesmo quando viajava pelo mundo, estudava no exterior, fazia treinamento bioquímico no Oriente Médio cercada pelas mais diversas formas de inteligência (que nem sempre estavam a serviço de causas nobres)... por todos os lugares por onde ela andou, Patrícia sempre se achou superior a quem quer que aparecesse à sua frente, por mais prêmio Nobel ou notório saber que a pessoa tivesse.

É como se ela tivesse certeza que se achar acima do bem e do mal já a colocava nesse lugar.

Ainda mais depois que, por sua inteligência rápida e pela agilidade de suas ações reagindo às conexões de seus turbinados pensamentos, Patrícia escapou de morrer nas presas ensandecidas dos cachorros, junto com seu avô e o delegado, que era *partner* do velho em quase todos os seus negócios escusos.

No dia das mortes, rapidamente, assim que os *dobermanns* começaram a chegar à garagem subterrânea (onde Dr. Hercílio recebia e despachava os detalhes de seus negócios mais escusos e onde ela tinha ido junto com o avô para receber o delegado Vinicius e a ambulância trazendo a estranha Lia), Patrícia se deu conta de que a aproximação silenciosa dos cães de guarda, naquele momento, não tinha nada de protetora.

Pelo contrário, eles queriam atacar. Os cachorros tinham sido programados para atacar. Programados por quem, se é ela quem cuida deles? Para quê?

O capataz da fazenda, esse mesmo que acaba de ligar para Patrícia chamando-a para ir ver os cachorros, tinha uma hipótese...

"– ... foram os lobos que enfeitiçaram os cachorros, para proteger a Lia."

Nas duas vezes em que ele disse isso, Patrícia fez questão de ironizar e de estampar nessa ironia todos os sinais de sua descrença. O que fez com que o capataz tirasse o foco dessa hipótese, exatamente como Patrícia queria.

Foi a forma que ela arrumou para afastar o capataz dessa ideia. Ideia, diga-se de passagem, com a qual Patrícia concorda totalmente. Ideia que ela não tem a menor dúvida de que seja verdade.

Não nesses termos, que os lobos tenham enfeitiçado os cachorros. Na opinião de Patrícia, o que aconteceu não tem nada a ver com feitiço.

Trata-se de uma camada da ciência. Talvez mais evoluída camada da ciência, até onde se sabe.

Patrícia já estudou e viu coisas o suficiente sobre a mente para saber que os lobos podem ter disparado ondas cerebrais fortes o bastante para se comunicar com os cachorros, alterar seus comportamentos e tê-los como aliados em um suposto plano para proteger Lia do que iria acontecer se, assim como queriam ela e seu avô, o delegado tivesse conseguido entregar Lia a eles.

Mas os cachorros não sabiam que o delegado estava blefando? Que mesmo tendo se livrado do médico responsável pelo transporte de Lia até a capital, a ambulância onde deveria estar Lia se encontrava vazia?

Foi graças a essa ambulância vazia que Patrícia conseguiu escapar. Quando percebeu o que estava prestes a acontecer, ela não teve dúvidas: pulou para dentro da ambulância e só saiu de lá quando a carnificina já tinha terminado.

Claro que, mesmo do alto de sua arrogância, Patrícia continua com algumas perguntas sem respostas, com algumas peças faltando encaixar em seu quebra-cabeça.

Peças e respostas sem as quais vai ser difícil para Patrícia dar continuidade ao trabalho que começou com e para o avô e que, mesmo com a morte dele, pretende levar até o fim.

Aliás, com a morte do velho, trabalhar no projeto que os dois começaram será muito melhor para Patrícia. De alguma forma, o avô, controlador ao extremo, impedia que a garota moldasse o que pretendia fazer da forma que ela queria.

Tão segura se si Patrícia está, que em nada a preocupa a fragilidade de seu atual "disfarce": ela acha que, tendo voltado à pousada, mesmo essa pousada sendo relativamente perto da fazenda de seu avô, ninguém irá associá-la a ele.

Até onde Patrícia alcança, ninguém sabe que ela é neta do Dr. Hercílio; o milionário poderoso e perigoso tido como um dos maiores investidores de soja do país, mas que, na verdade, é um mafioso da pior espécie, envolvido em negócios criminosos capazes de fazer corar os tribunais internacionais acostumados às maiores atrocidades que a humanidade já cometeu, camufladas de ajuda humanitária e em nome do desenvolvimento científico e biotecnológico.

Negócios que fizeram quadriplicar o patrimônio do Dr. Hercílio em pouquíssimo tempo. Patrimônio que seria de Patrícia e de Guilherme, se ele não tivesse morrido quando a caverna alagou.

Na verdade, Patrícia e Guilherme eram irmãos e foram adotados por Dr. Hercílio; sabe-se lá "de quem", sabe-se lá o "porquê". O que se sabe é que o velho nunca se casou.

Dr. Hercílio dividia seu tempo entre a fazenda e um apartamento na maior cidade do país, onde Patrícia viveu e foi criada, antes de ir estudar no exterior.

Ao contrário de seu irmão, poucas foram as vezes em que ela visitou a fazenda que herdaria; e sempre sem pisar o chão ácido dos vilarejos e cidades da região. Patrícia chegava e partia no helicóptero e não saía da fazenda por nada.

O avô sempre achou Patrícia dona de inteligência e sensibilidade superiores às de Guilherme e não poupou esforços e recursos ao prepará-la para sucedê-lo nos negócios maiores. Guilherme cuidava "apenas" do tráfico de espécies animais camuflado em uma agência de turismo ecológico.

Só foi convocada a aparecer quando Guilherme morreu e o avô achou que estava na hora de Patrícia entrar em ação.

Já que teria de conhecer o lugar para poder se apropriar dele da forma mais eficiente para os seus interesses, Patrícia resolveu fazer sua primeira aparição camuflada na pele de uma turista ambiental engarrafada nos *shopping centers* VIPs. Seu plano deu certo e ela circulou tranquilamente sua arrogância pelas cachoeiras, trilhas e pela pousada mais cara do lugar.

Assim que chegou, Patrícia se juntou a duas outras turistas "de verdade" que estavam ali, de fato, para curtir a natureza. Isso ajudou que ela fosse recebida e entendida apenas como uma "garota-*millennial*-mimada"...

– O que é que eu estou fazendo aqui?

É freando o carro, derrapando na estreita estrada de terra e quase gritando consigo mesma que Patrícia se faz essa pergunta. Poucas foram as situações em que ela achou que deveria se repreender. Essa é uma delas.

"Por que eu fiz isso?"

Essa segunda pergunta ela só pensa; e tão intrigada quanto assustada. Ao sair da pousada, Patrícia pegou a estrada que a levaria a uma outra, depois uma bifurcação que a jogaria em mais alguns desvios, até chegar à rodovia principal e alcançar o acesso quase camuflado à fazenda.

Mas uma coisa que Patrícia ainda não está entendendo é o que fez com que ela pegasse o lado errado da bifurcação, não percebesse o erro, andasse por mais duas pequenas estradas de terra cada vez mais esburacadas pela falta de chuva e chegasse à porta de um bar.

"Como é que eu vim parar aqui?"

É nesse pequeno bar de beira de estrada, encardido, com janelas de madeira, sem letreiro, que são servidos o arroz de pequi, o bolinho do lobo e outros pratos típicos do cerrado, especialmente aos turistas ecológicos da agência de turismo de Caio e que visitam a região para fazer caminhadas e conhecer as maravilhosas cavernas e cachoeiras.

Ou melhor, as refeições "eram" servidas nesse bar. O bar está fechado, desde que a tristeza e o silêncio invadiram a vida da proprietária/cozinheira: dona Cida, a madrinha de Lia.

"Como é que aquela bruxa fez isso?"

Patrícia já se deparou com o que, para simplificar, pode ser chamado de poder de dona Cida quando elas tiveram uma discussão e a madrinha de Lia conseguiu travar a fala de Patrícia.

Mas atrair, teleguiar Patrícia sem que ela percebesse...

"Como é que ela fez isso?"

O que tira Patrícia desse devaneio são as pancadas que ela ouve no vidro do carro. Pancadas de dona Cida, para que ela abra a janela.

Dormindo? Não. Acordado? Também não. Estado de vigília? Quem sabe seja essa a melhor definição para o estranho estado em que Rafa se encontra. Às vezes parece que ele vai sufocar. Em outros momentos, que falta a ele algo circulando por suas veias que o ajude a se manter vivo.

– Será que esse cara é drogado?

Talvez seja a confusão mental de Tunico o que está fazendo com que ele diga tantos absurdos e se comporte de forma tão patética.

Mas, por incrível que possa parecer, o que ele acaba de dizer faz algum sentido para Juca.

– Esse cara tá dependente de alguma coisa, sim.

É claro que Juca acha mais do que fala. Mais claro ainda que ele não pretende dividir o que acha com Tunico.

– Vamos levar ele pro hospital, Juca.

O lobo ronca. Um ronco longo, de quem quer se fazer notado (como se fosse preciso, um bicho daquele tamanho, espalhado aos pés de um sofá, se fazer notado!). Impossível não associar o ronco do lobo a uma advertência ao que Tunico acaba de dizer.

– Tô achando que esse lobo não quer que o cara vá pro hospital.

Desta vez, até o próprio Tunico acha absurdo o que disse. Absurdo coberto de razão, diga-se de passagem.

Depois dos últimos acontecimentos que o vilarejo viveu, está cada vez mais difícil fazer caber ideias e palavras no sentido que se sabia para elas.

Não que tenha havido algum episódio sobrenatural, mas estão acontecendo coisas que não dá para chamar exatamente de naturais. O que era entendido como absurdo já não é mais tão absurdo.

Viver está cada vez mais complexo? Inexplicável? Perigoso? Até os adjetivos mais potentes também não dão mais conta do que se esperava deles.

– Me ajuda a pôr o cara no carro, Tunico.

Rafa no 4x4. Parece que o lobo entendeu que a ideia não é levar o cara para o hospital, assim ele parou de protestar!

O banco do carona foi totalmente reclinado para acomodar o "garoto-espiga". Acomodado, ele cai no sono. Um sono que não dá para garantir que seja sono mesmo, mas... Tunico se acomoda atrás de Juca.

– Você vai levar o cara pra sua aldeia?

– Não é o que ele pediu?

Carro em movimento. Nem precisaria, mas Tunico faz questão de reforçar...

– Será que o lobo vai com a gente até lá?

– Deixa ele.

E Juca pega a estrada. Ele vai devagar, deixando que o lobo o acompanhe.

Uma ideia assusta Tunico...

– E se... for a Lia?

Essa (outra) ideia (aparentemente absurda) já tinha passado pela cabeça de Juca, mas ele logo a abandonou.

– É macho.

– Ah...

– Mas deve gostar desse cara.

– "Gostar" por quê?

Juca acha graça na pergunta de Tunico. A cada pergunta, parece que ele vai ficando mais infantil.

– Você pensa que, só porque eu sou indígena, eu sei tudo. Mesmo infantil, Tunico está ligado no movimento.

– Mas sabe bem mais do que tá me dizendo, Juca.

O silêncio temeroso de Juca deixa Tunico alguns anos mais velho novamente.

– O que é que você tá vendo que eu não tô?

É concluindo ao mesmo tempo que fala que Juca começa a desvendar suas ideias...

– Tá tudo mudando de lugar, Tunico.

– Fora de lugar.

– Mudando. Primeiro, a caverna engolindo as maldades contra ela... os lobos, sem mato pra viver, sem ter o que comer, chegando perto... tomando conta devagarinho...

– Espera aí! Os lobos não estão tomando conta de nada.

O olhar de Juca quase fulmina Tunico.

– Tudo bem, Juca. Eles estão chegando mais perto... perdendo o medo... mas pararam de atacar...

– Por quanto tempo?

– !

– ... e quem garante que é só atacando que eles tomam conta?

– !!

– Tá tudo conectado.

Tunico se lembra das estrelas, dos astros, universos, das maravilhas, dos mistérios e das conexões astronômicas... mas, ainda assim, resolve ser óbvio.

– Sobre o que você tá falando? Internet, conexão digital?

Uma risadinha quase superior de Juca...

– A conexão digital ainda é a mais fraca.

– Tô ligado.

– A conexão digital só existe porque, de alguma maneira, se alinha com essa outra conexão, bem mais poderosa.

– Concordo. Só o que observo e estudo vendo as estrelas... é muito legal! Mas, quando você fala, não tá se referindo ao...

O que Tunico diria é "equilíbrio astronômico", mas ele mesmo acha bobagem continuar essa frase. Seria burrice desassociar esse conhecimento àquele ao qual Juca deve estar se referindo.

O silêncio de Tunico diz muito mais ao Juca do que se ele tivesse falado alguma coisa.

– Tá tudo ligado, Tunico. A energia das estrelas, dos planetas... da água... das plantas... dos bichos... é só saber olhar... tá tudo sendo dito o tempo todo...

– Até o "é só saber olhar", eu achei que estava entendendo. O que é que tá sendo dito, cara?

Juca confere o lobo. A velocidade continua suficiente para que ele acompanhe o carro sem ter que fazer muito esforço.

– Tá tudo em movimento...

Agora, não é preciso Tunico fazer muitas conexões para concordar.

– ... a Terra tá se ressentindo... e isso transforma tudo... cada um reage como consegue... se defende como pode...

– ... se defende...

– ... tem um movimento tentando puxar a Terra pro caos, mas ela já achou uma nova ordem...

A palavra caos, sendo dita pela boca de um indígena, entra para Tunico naquele capítulo de ideias e palavras fora de lugar.

Será que ele acha que, por ser indígena, por acreditar no equilíbrio das forças da natureza, Juca duvidaria que o rompimento desse equilíbrio poderia causar o caos?

– Vem aí, o caos!

– "Vem", Tunico? Já chamaram o caos. Ele já tá aqui. O caos precisa é ir embora.

Não parece para Tunico que Juca ache uma boa coisa o que acaba de dizer.

É Juca quem continua...

– ... e ele não vai querer ir embora assim tão fácil.

– Isso quer dizer...

– ... que o bicho ainda vai pegar, Tunico, antes de as coisas se reequilibrarem.

No final do trajeto até a aldeia, Tunico e Juca vão em silêncio. A estradinha de chegada é camuflada, cheia de obstáculos, difícil de ser transitada, principalmente em uma noite tão escura.

– Chi...

O comentário de Juca é pela figura, com braços cruzados e cara de bravo, que os faróis do carro acabam de iluminar ao lado de um pé de jequitibá retorcido, onde há um atalho que ele teria que dobrar, para acabar de chegar à aldeia.

– ... isso não vai acabar bem.

É a figura do pajé.

Caio dormiu o dia inteiro. Sono quebrado. Cama ruim. Várias idas ao banheiro; sua bexiga está mesmo menos resistente. Além da dificuldade, agora, até dói um pouco para urinar.

Logo cedo, os barulhos e a luz do dia entrando por todas as frestas. Sirenes. Gritarias. Buzinas. Aviões. Freadas bruscas.

Pesadelos horríveis. Cheios de sujeira, monstros, destruição. Caio acordou dolorido. Exausto. Mais triste e confuso. Culpando Fernando Pessoa.

"Vai ver, foram as poesias."

Cada vez que despertava de seu sono atormentado, Caio atormentava-se ainda mais, engolindo *flashes* de poesia do *Livro do desassossego*. A cada despertar, ele caía de boca no que se pode chamar de leitura aleatória. Sem rumo e sem recorte.

"Maldita poesia."

Esbarrando em frases. Tropeçando nos pesares do poeta, transportando-os e inserindo-os no seu contexto.

"Malditos poetas."

Enquanto toma banho, Caio fica em dúvida se está dormindo ou acordado. As imagens e sensações não mudaram. Parece que continua tudo sujo, precário, monstruoso, se deteriorando.

"Eu quase ataquei o cara do sebo de livros."

Não dá para esquecer isso. E muito menos para colocar o que aconteceu em um lugar confortável. Não tem desculpa e nem explicação. É tão monstruoso quanto triste.

"E se eu tivesse atacado ele?"

Caio se lembra dele mesmo, correndo pelo mato, um pouco antes de ser atacado.

"Esse cara é muito louco!"

É sobre Fernando Pessoa que Caio está pensando, enquanto se enxuga e tenta entrar na roupa que está quase andando sozinha de tão suja. Desviar-se de sua própria loucura, chamando Fernando Pessoa de "muito louco", não tira Caio da tristeza que está sentindo.

"Vocês são muito loucos!"

Quando passa o híbrido de elogio e xingamento a Fernando Pessoa para o plural, Caio está trazendo para suas divagações não outros homens poetas, mas Álvaro de Campos, Ricardo Reis, Alberto Caeiro e Bernardo Soares, os outros poetas que ele sabe que viveram dentro desse mesmo homem. Os famosos heterônimos de Fernando Pessoa.

No colégio, quando trombou pela primeira vez com Pessoa (na casa de Caio, a poesia nunca teve muito espaço), mais do que os livros, o que mais intrigava Caio era a aparente precariedade da vida de Fernando Pessoa (que nunca se casou, pouco se sabe de seus romances...) e a imensidão interna na qual ele vivia que o fez virar tantos para, quem sabe, dar conta de si mesmo.

Repassar os nomes dos heterônimos de Pessoa causa um certo alívio em Caio. Alívio? Estranho alívio que Caio ainda não sabe como nominar.

Vontade de sair do quarto? Nenhuma. Fome? Zero. Caio se lembra que precisa comprar um carregador de bateria. Ele pretende falar com Sandra, sua irmã. Não por ele. Mas ele acha que ela merece essa atenção. Pensar tão afetivamente sobre a irmã deixa Caio mais triste.

"Eu quase ataquei o cara."

O que queria Caio ao atacar o garoto do sebo? Não se tratava de nenhuma atração sexual, Caio sempre gostou só de meninas e continua assim.

"... atacar pela fragilidade? Por ele estar de costas?"
Um cara que está preocupado em dar satisfação de seu paradeiro para a irmã não pode ser tão mau assim. Ou pode?
"Atacar para destruir?"
No elevador percebe perfumes baratos, óleo lubrificante dos canos de elevação, terra, verniz... os cheiros continuam incomodando Caio. Na calçada, gás carbônico, esgoto, mais perfumes e desodorantes. O bombardeio de odores continua. Várias paradas para urinar.
Ao ver um orelhão na calçada, ele se lembra de que pode ligar a cobrar ou comprar um cartão. Caio nem se lembra como se usa um telefone público e muito menos como se liga a cobrar.
"Nove? Zero?"
E desiste. Não pela dificuldade de interação com o aparelho. É com a irmã que ele não quer mais interagir. Não tem o que dizer. Não saberia dizer nada. Mas será que ela não poderia ajudá-lo a dar algum entendimento para esse vagar?
Não interessa mais a Caio o entendimento que Sandra possa ter. Ele sabe que é tarde. Que esse vagar é irreversível. E que vai levá-lo cada vez mais para longe do que esperam dele.
"E a agência?"
Há quanto tempo Caio não se lembrava que tem uma agência de turismo ecológico?
"Agência?"
A ideia de ter uma agência também não cabe mais na cabeça de Caio. Nada do que ele teve o interessa mais.
"Mais ou menos."
O dinheiro que Caio tem em sua conta bancária ainda faz algum sentido para ele.
"Sentido?"
Caio sabe que precisará de dinheiro para continuar vivendo.
"Vivendo?"
Difícil para ele acreditar que continua vivo. Ainda assim, Caio entra no caixa eletrônico e confere a conta. Continua podendo acessá-la. O pai de Caio ainda não a bloqueou.
"O veio tá esperando eu usar o cartão, pra me rastrear."

A ideia de ser rastreado e encontrado embrulha o estômago de Caio tanto quanto os cheiros da noite vinham embrulhando. Parece que a bexiga deu um tempo. Só agora ele se liga que o movimento em volta está diminuindo, que a noite tá indo embora. Que daqui a pouco vai ser madrugada novamente.

Depois de sacar o máximo de dinheiro permitido pelo caixa eletrônico, Caio espalha as notas pelos bolsos da calça, quebra o cartão tomando cuidado para estraçalhar o *chip* e joga os pedaços no primeiro bueiro que encontra.

"Tchau, veio!"

Ao dar esse adeus ao pai, Caio entende que é de si mesmo que está se despedindo. Que agora, no começo da madrugada, ele já é menos Caio do que aquele que se encontrou com seu pai no dia anterior, que parou no beco sem saída, que vagou pela madrugada, que dormiu o dia inteiro, e também já é menos Caio do que era quando deixou o hotel barato.

"O Pessoa..."

Pouco importa a ele nesse momento ter deixado o livro para trás. Não é só a poesia, o poeta, os poetas dentro dele que Caio está deixando para trás. O que mais interessa a ele é estar deixando para trás a sua história e identidade até agora.

– Quer comprar, moço?

Só quando a velha senhora, vendedora de raquetes elétricas para matar insetos, fones de ouvidos e carregadores de celular fala com ele é que Caio percebe que está com os olhos fixos nos produtos que ela tem espalhados pelos braços abertos, na calçada, esperando o farol abrir de novo para ir vender suas muambas aos motoristas.

– Quero este aqui.

É sobre um carregador compatível com seu telefone que Caio está falando.

– É muito.

A senhora está reclamando e encantada ao mesmo tempo com o valor da nota que Caio jogou na mão dela.

– Não é nada.

Temendo que Caio mude de ideia, a mulher evapora da calçada tão rápido quanto sua idade e deficiência motora permitem.

Não é o troco o que interessa a Caio. É encontrar um lugar onde conectar-se. Proibido de entrar nos cafés globalizados. Enxotado da lanchonete franqueada. Barrado na loja de conveniência do posto de gasolina.

– Eu só preciso de uma tomada.

O rapaz do caixa é irredutível.

– Lá fora tem. Pergunta pro frentista do posto se ele deixa você usar.

Não é para Caio a autorização do frentista para que ele use a tomada no posto. É para a nota que ele põe em cima do pequeno balcão. Para fazer o que quer, Caio não precisará de muita bateria.

– Você vem de onde?

Ele não sente a menor vontade de responder à pergunta do frentista que ameaça começar essa conversa.

– ... deve ser de muito longe...

É amedrontado e quase arrependido de ter aceitado a nota que o frentista faz essa constatação.

– ... dá logo o fora daqui, vai sujar pro meu lado.

Mas seja lá em que nível, Caio sabe de seus direitos e não se abala.

– Você trabalha aqui?

Demora para Caio identificar de onde vem a voz. Da janela aberta do carro vermelho, popular mas simpático, que parou para abastecer.

– Eu perguntei se você trabalha aqui!

O sorriso de Caio faz a garota chegar mais perto do vidro e também abrir um sorriso para ele. Uma menina *millennial*/linda/loira/olhos claros/descolada/destemida... muito perfumada para o gosto dele, mas que caberá como uma luva em seus planos.

– Não, gata. Eu estava esperando...

A frase de Caio sai leve, charmosa, insinuante... e no tom mais inofensivo/gente boa/nível universitário/bem-nascido que ele consegue simular.

– Esperando quem?

Pela maneira mais sorridente, mais linda, mais jovem e mais loira perfumada de olhos claros como a garota responde, não será preciso mais nenhum esforço. A garota já caiu na conversinha de Caio.

— Você.

— Tô indo cruzar com uma galera da faculdade pra uma balada.

Pelo que Caio já farejou, a garota gosta de correr perigo. Nem seria preciso, mas ele capricha ainda mais no tom garotão gente boa.

— Faz tempo que eu não vou a uma boa balada.

A bateria do celular já recarregou o suficiente para o aparelho ser bombardeado com torpedos, avisos de correio de voz, avisos de novas mensagens nas redes sociais...

— Tá a fim de ir junto?

Antes de responder, Caio interage no perfil das redes sociais com a mensagem do lobo que queria ser seu amigo.

— Tô.

— Então, vem.

Não é mais Caio quem entra no carro e sai com a garota do posto de gasolina. É alguém dentro dele que Caio não conhece e nem consegue mais controlar. Alguém que se pode chamar de um estranho bicho camuflado na pele de um garotão desleixado. Um bicho pronto a atacar.

sete

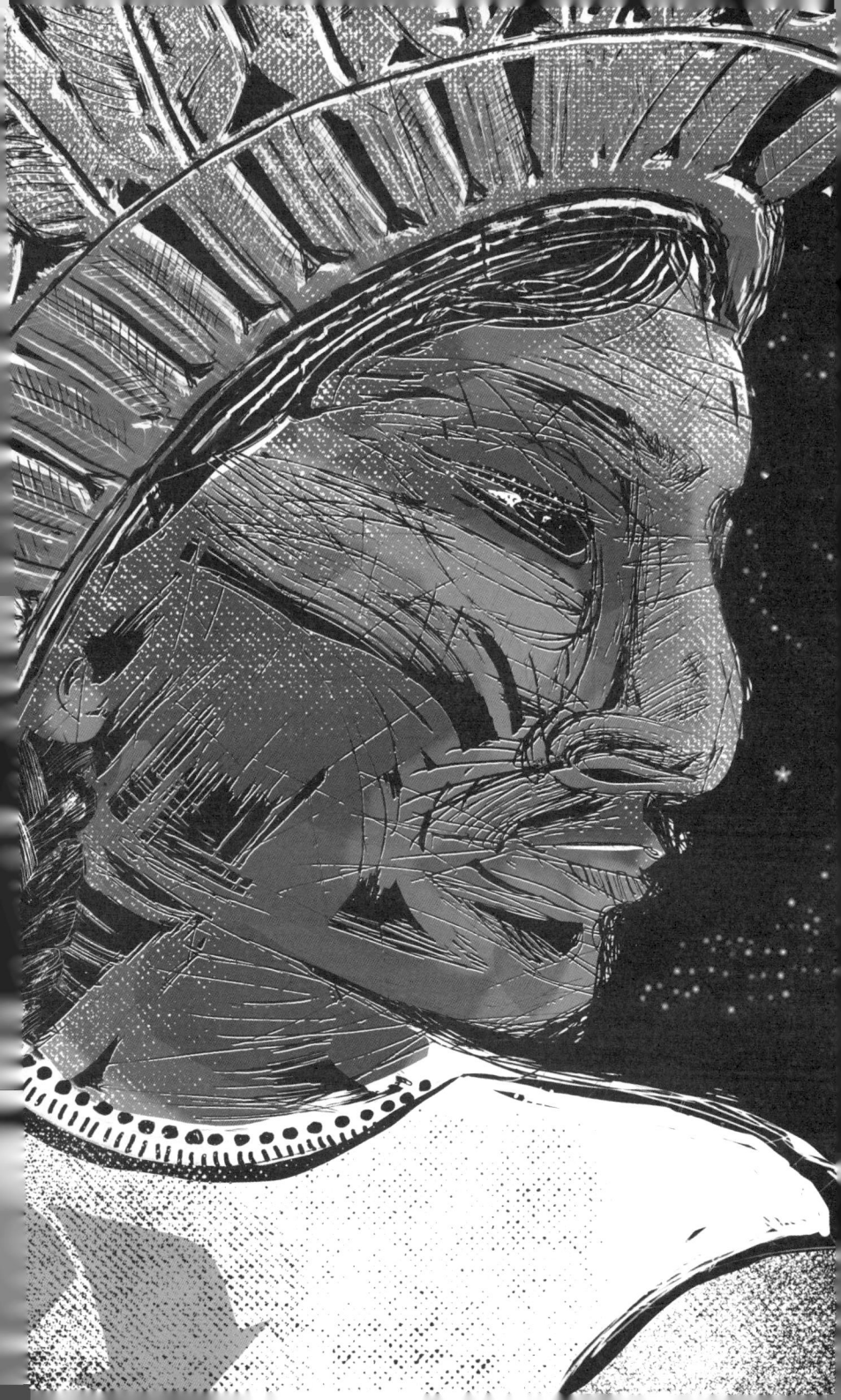

Quando mandou o primeiro pedido de amizade para Caio, Billy ainda estava parcialmente tomado pela fantasmagoria do episódio em que teve uma participação especial e em relação ao qual esperava ser punido, encontrado...

"Maldita culpa."

Encontrar Caio não foi difícil. O que Billy achava, já menos culpado e assombrado por seus fantasmas, é que seria pouco provável que Caio fosse aceitar ser seu amigo. Por isso ele enviou mais de uma mensagem "do lobo que queria ser amigo de Caio".

Além de querer se camuflar (afinal, Billy de alguma maneira está foragido), foi para tentar atrair Caio que Billy usou a imagem de um lobo no lugar de uma foto sua. Ele sabe que se pode chamar de bem estreita a relação entre Caio e os lobos.

Aparentemente, Caio caiu como um cordeirinho na armadilha que Billy preparou para ele. Armadilha? Dá para usar essa palavra quando o que a pessoa quer, na verdade, é ajudar e, quem sabe, ser ajudado?

Seja lá o nome que tenha a tentativa de aproximação, Billy conseguiu o que queria. Caio não só aceitou o pedido de amizade como enviou uma mensagem curta e aflita...

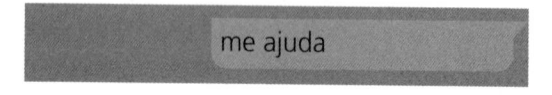

me ajuda

Depois dessa mensagem, o número de um telefone celular.

"Uma mensagem como essa, postada no meio da madrugada. Mau sinal."

Billy entendeu, de cara, que Caio deve estar bem aflito, assustado e confuso ou um *mix* dessas três coisas, para ter se entregado ao seu convite de amizade assim às cegas.

"Opa!"

É enquanto vasculha as notícias em seu *laptop* que Billy vai desenhando esses desdobramentos em sua mente. O "Opa!" é pela surpresa com a nova tela que se forma...

"Lobo assusta na região sudeste."

É a quarta reportagem de uma certa Ludmila sobre o assunto. Mais uma vez a pesquisa sobre os ataques levou Billy até o *blog* de Ludmila, que se apresenta como bióloga e jornalista.

"Ela tá ligada."

Assim como ele, Ludmila está acompanhando atentamente o que se pode chamar de deslocamento dos ataques. Se forem os mesmos, os lobos estão migrando. Começaram no cerrado e estão descendo pela região sudeste...

"... eles estão descendo. Ou melhor, ele tá descendo."

O pensamento de Billy é porque as notícias mais recentes falam sobre o ataque de um lobo e não de um bando, como as primeiras que foram divulgadas.

Não precisaria ser muito esperto para entender nesse deslocamento em direção ao sul uma lógica, uma estratégia de aproximação.

"Absurdo demais para ser verdade?"

É com essa dúvida que Billy continua lendo a reportagem de Ludmila no *blog*...

"*... com o crescente desmatamento da mata virgem, é comum as espécies procurarem os sítios e pequenas cidades para se alimentarem...*"

A reportagem de Ludmila continua dizendo que as onças e outros animais também costumam atacar agrupamentos humanos, se tiverem fome e não conseguirem resolver isso no mato. Mas que as notícias até agora só falam sobre lobos, um lobo...

"... ou uma loba?"

O número do celular de Caio, que Billy anotou em um pedaço de papel, desliza sobre a mesa, por causa da brisa que acaba de entrar pela porta da varanda do *flat*. Depois da brisa, uma rajada de vento. O tempo está inseguro. O papel vai ao chão. A camiseta suja de sangue seco, que Billy tem mantido por perto como se ela fosse um troféu, um amuleto ou objeto de poder... esvoaça no espaldar da cadeira, mas não cai.

Por mais temeroso que Billy esteja com o que precisa fazer, ele sabe que a hora é agora.

"Antes que esse cara suma. Ou mude de ideia."

O telefone toca, toca, toca. Até cair na caixa postal.

– Alô? Caio? Aqui é o... lobo. Me liga.

Antes do "me liga", um *bip* acusa uma chamada para Billy. O mesmo número para o qual ele tenta ligar está chamando. Caio.

– Alô?

Não tem voz do outro lado da linha. Tem respiração ofegante. Entrecortada. Choro embargado.

– Caio?

– *O que é que eu tô fazendo...*

A voz é assustada, aflita, beira o desespero. Parece que Caio está caindo em um precipício.

– *... me tira daqui...*

Billy não tem a menor ideia sobre o que Caio está falando. Mas sabe que, se perdê-lo nesse momento, talvez nunca mais consiga se aproximar dele.

– Me fala onde você tá, Caio.

A voz de Billy é ao mesmo tempo firme e acolhedora.

– *... eu... a menina... o perfume dela... a voz estridente... quando eu vi...*

Pelo que Billy está entendendo, "já começou"!

– Você consegue me dizer onde está?

– *Quem é você, cara?*

– Talvez a única pessoa que possa te ajudar nesse momento.

Não é preciso muito tempo para Billy convencer Caio a dizer onde está: no maior parque da cidade. Um parque novo. Billy não conhece, mas sabe onde fica. Menos de meia hora de distância do *flat*.

O parque tem mais cimento do que árvores. Cheio de rampas de *skate*. Um monte de quadras poliesportivas. Bancos malcuidados. Dois ou três prédios novos de cimento, aço e vidro. Iluminação reduzida (madrugada!). Vigias cuidando das mensagens eletrônicas de seus celulares.

Mesmo sendo um parque aberto, sem grades e com vigilância mais conectada ao próprio umbigo digital, por incrível que pareça, ainda não foi dominado pelas pessoas em situação de rua que vagam à noite.

Quando Billy chega ao local exato onde marcaram, o banco em frente à entrada da biblioteca, o lugar está vazio. Mas ele vê o vulto de Caio, que tenta se camuflar atrás de uma árvore. Claro que Caio quer saber quem é, antes de aparecer.

– "Doc"?

É assim que Caio sempre chamou Dr. Billy, "Doc". A desconfiança quase violenta de Caio, quando ele reconhece Billy, não esconde a tristeza e a confusão que se apoderaram dele, desde a última vez que os dois se viram.

O corpo de Caio está magrelo demais para ser chamado de atlético. Os cabelos, tão desgrenhados quanto suas ideias. A roupa, muito suja para vestir o garotão arrogante mas simpático que Caio sempre foi na frente de Billy, nas vezes em que eles se encontraram no vilarejo.

Foi Billy quem cuidou de Caio quando ele foi atacado de madrugada. Billy quem cuidou "pelo menos" dos arranhões e das duas mordidas que Caio levou.

– Doc!

Quando transforma a pergunta em afirmação, Caio usa o tom de quem caiu em uma armadilha. Um estranho alívio passa de raspão por Caio. É como se agora, juntando Billy à sua história, talvez Caio consiga chegar a algum entendimento sobre essa história e sobre si mesmo.

– ... até onde eu posso confiar no Doc?

Claro que Caio se lembra de que, além de Lia, o Dr. Billy também sumiu, na estranha noite em que o fazendeiro e o delegado foram trucidados pelos *dobermanns*.

– Isso é você quem tem que dizer...

A sinceridade de Billy agrada Caio.

– ... quer ir pra outro lugar, Caio?

Já está quase amanhecendo. Em vez de responder, Caio senta-se no banco de cimento. Billy faz o mesmo.

– Você estava desesperado, no telefone...

(provavelmente) A lembrança de uma cena terrível assombra Caio.

– Ainda tô.

– Você atacou alguém?

– Como você sabe que eu posso atacar?

Os movimentos de Billy para tirar a camiseta suja de sangue da mochila fazem Caio ficar mais ligado. Ele está bem arisco.

– Porque, agora, você é alguém que pode atacar.

Identificar a camiseta como sendo sua, mesmo não se lembrando de que era a que ele estava usando quando foi atacado, deixa Caio mais confuso e assustado.

– Como você sabe que eu posso atacar?

– Tá escrito no seu sangue.

– Essa camiseta...

Tirar o foco do assunto para a camiseta foi a estratégia que Caio encontrou para ganhar tempo e tentar digerir, ou pelo menos pôr em algum lugar confortável, o que Dr. Billy está insinuando.

– É sua, Caio. Lembra-se dela? Ficou comigo no dia que eu socorri você.

São muitas perguntas. Muitos assuntos. Caio começa a ficar zonzo.

– Por que é que você tá aqui?

– Pela mesma razão que você. É muito mais fácil se esconder em uma das maiores cidades do mundo do que no meio do mato.

– Do que o Doc tá se escondendo?

– Pergunta errada...

Caio sabe que Billy tem razão.

– ... o que você quer saber é do que "você" tá se escondendo.

– E você sabe?

– Tá escrito no seu sangue.

– Não enrola.

– Você tá se escondendo da sua nova natureza.

– Do que você tá falando, cara?

A reação arisca de Caio é parecida com a de algum dependente químico que ainda resiste em aceitar a sua condição como doença.

– Você sabe do que eu tô falando.

– Eu tô doente?

– Não dá pra chamar exatamente de doença. Talvez algum sintoma ou outro do, digamos, ajuste do seu metabolismo a essa nova natureza. Mas, desculpa eu ser tão sincero, não é algo do que você possa se curar.

– Se liga!

– Não é como ser mordido por um animal e pegar raiva, da qual, se você tomar algumas picadas no umbigo, pode se recuperar... talvez, se tivesse sido "só" mordido por um bicho, teria alguma chance.

– E não foi o que me aconteceu?

– Você sabe que não.

Desta vez, Billy está enganado. Até agora, Caio não sabe quem o atacou. Ele tenta explicar isso a Billy.

– Você sabe quem me atacou?

– Você também sabe. Só não quer ver.

– Fala.

– Alguém que estava passando pela mesma transformação que você; deixando de ser gente.

– Você tá confirmando que eu tô virando bicho?

– Acho que você não vai virar bicho, mas nunca vai voltar a ser a pessoa que era. Desculpa ser tão sincero mais uma vez.

– ... e o que eu posso fazer a respeito disso?

Agora é a vez de Billy ganhar tempo. Ele não sabe como responder.

– Você falou sobre uma garota...

A expressão de Caio se assombra novamente.

– O que é que tem?

– ... pelo que eu entendi...

– Você disse que era a única pessoa que podia me ajudar...

– Agora quem tá enrolando é você.

– ... diz aí: como é que você pode me ajudar?

– O que você fez com a garota, Caio?

Patrícia sabe muito bem que precisa ser rápida, encarar dona Cida de frente, mesmo que esteja totalmente refém do que acaba de viver. Se deixar que a madrinha de Lia domine a situação, está perdida.

É por isso que, em vez de abrir o vidro da janela do carro, Patrícia dá a partida e começa a sair. Só que logo ela se arrepende. E teme que, por alguma razão que fuja do seu controle, ela não consiga ir longe.

Por isso, rapidamente, transforma a tentativa de fuga em um deslocamento para estacionar o carro fora da estrada (como se fosse algum problema, um carro parado à noite em uma estrada pela qual mesmo durante o dia não passa quase ninguém).

Depois que desce do carro, Patrícia trava as portas (outro sinal do quanto ela ainda está confusa!), se encosta no veículo e cruza os braços.

"Eu é que não vou dar esse mole pra bruxa!"

Por "dar esse mole" entenda-se que Patrícia não pretende ir até dona Cida.

"Se quiser falar comigo, ela que venha até aqui."

Isso não parece ser nenhum problema para ela. Os passos daquela figura pequena e magra são curtos, sem pressa, parece até que ela flutua um pouco ao deslizar pelo chão de terra.

Não tem nada de submissão na atitude de se aproximar de Patrícia. Pelo contrário, tem segurança, superioridade e consciência de estar liderando a situação.

— Não pensei que você viesse tão rápido.

O que dona Cida acaba de dizer surpreende Patrícia. E ela reconhece um estranho cheiro exalando da senhora de braços cruzados à sua frente. Cheiro de mato, cheiro de erva forte. Lembra capim-limão, mas é mais forte. Talvez algum perfume...

"Essa velha estava fazendo bruxarias."

— A senhora pensa que me engana?

Ter chamado a mulher na sua frente de senhora faz Patrícia se arrepender. Mas agora é tarde.

— Obrigada por você ter vindo.

"Que joguinho é esse que ela quer fazer?"

Parece que dona Cida já quer entrar no assunto que a move e que fez com que ela mandasse chamar Patrícia. Mas Patrícia ainda quer explorar a pergunta que lançou.

— Como é que a senhora fez isso?

Os olhos tristes de dona Cida se abrem um pouco mais.

– Não entendo a sua pergunta.

– Como a senhora me trouxe até aqui?

Ouvir a própria pergunta faz Patrícia se sentir ainda mais em desvantagem. Que estranho... domínio?... é esse que a aparentemente frágil dona Cida exerce sobre Patrícia?

– Daria pra você explicar melhor o que tá dizendo?

Dona Cida começa a ficar desconfiada de que seja Patrícia quem esteja blefando. Mas ela não está.

– Eu estava indo pra... eu estava indo pra outro lugar e, quando vi, parei na porta desse bar imundo.

O que ela acaba de ouvir soa tão estranho para dona Cida quanto soou e continua soando para Patrícia.

– ... e você acha que fui eu que fiz você vir até aqui...

– E não foi?

O esboço de um sorriso deixa a expressão de dona Cida menos triste e mais misteriosa.

– Talvez tenha sido e eu nem saiba.

Tem ironia demais, para o entendimento de Patrícia, no que ela acaba de ouvir. Ela tem que reagir...

– É uma pena, não é, bruxa?

A palavra bruxa faz a expressão de dona Cida pesar de novo.

– Todo esse poder não adiantou. Você falhou.

Que poder têm as palavras. Conseguir chamar dona Cida de "você" fortalece Patrícia.

– Falhei?

– Nem com toda a sua bruxaria de beira de estrada você conseguiu cumprir a sua obrigação de cuidar da sua afilhada...

Os olhos de dona Cida se enchem de lágrimas.

– ... eu disse que era pra você me deixar cuidar dela, bruxa.

É verdade! Enquanto Lia estava internada, quando começaram os estranhos sintomas e a mudança de seu comportamento, Patrícia procurou dona Cida e se ofereceu para cuidar de Lia.

Claro que não para ajudar dona Cida ou salvar Lia de sua triste sina. O que Patrícia queria é ter logo Lia em suas mãos para evoluir em suas pesquisas. Mas isso não vem ao caso agora.

– Eu avisei, bruxa, que só eu poderia impedir que a Lia perdesse a conexão com o humano, que ela virasse bicho.

– A Lia não virou bicho.

O protesto de dona Cida é quase infantil. Isso mostra o quanto ela ainda está fragilizada. Na verdade, dona Cida está cada vez mais fragilizada. De alguma maneira, Patrícia está certa. A saudade e a estranha sensação de ter falhado ao cuidar de Lia não param de crescer. Às vezes, parece que ela vai sufocar de tanta saudade.

– Mas falta pouco, bruxa.

– Para, menina.

– Eu ainda nem comecei. Você sabe que falta pouco pra Lia virar bicho e você é a única culpada por isso estar acontecendo.

Patrícia não devia ter subestimado tanto dona Cida. Exagerar, forçar a barra de sua encenação, despertou dona Cida o suficiente para ela entender que, se existe alguém ali capaz de liderar a conversa, é ela própria.

– Eu trouxe você aqui pra dar um conselho, Patrícia.

A maneira segura e cortante de dona Cida falar assusta Patrícia novamente. Ainda mais por ela, agora, ter chamado para si a responsabilidade de Patrícia errar o caminho e estar ali e não ter ido para a fazenda, onde ela iria tentar acalmar os *dobermanns*.

– Seus conselhos não me interessam.

– Vamos encurtar essa conversa?

– A senhora...

Patrícia não pode voltar a chamar dona Cida de senhora! Se fizer isso, ela sabe que estará perdida.

– ... v... v...

Tarde demais. Ela não consegue usar "você" para se referir a dona Cida.

– Eu tenho muito mais recursos pra ativar a força da minha mente.

Quem disse isso foi Patrícia, mas ela fala com tanta fragilidade que é como se dona Cida é que tivesse dito.

– Tem mesmo? Então, onde estão esses recursos?

– !

– Use seus recursos pra sair daqui agora, menina. Quero ver se você consegue.

O tom e a divisão das frases de dona Cida não têm nada de espetacular, cinematográfico. Ela fala pausadamente, com a voz segura; como se receitasse um chá, como se desse um conselho. Mas sua fala sai com uma energia tamanha que paralisa qualquer tentativa de Patrícia se rebelar.

Mesmo assim, ela ainda tenta insistir...

– A senhora não tem ideia dos lugares por onde eu já andei, o que eu já vi.

Nesse momento, já não importa mais a Patrícia tentar chamar dona Cida de "você".

– E você, menina, não tem ideia de onde eu já fui e do que eu já fiz...

– !

– ... e vou continuar fazendo, mesmo com essa força pesada e suja que gente da sua laia tá tentando espalhar pelo mundo.

– Tentando? A sua bola de cristal deve estar desatualizada.

A risada irônica que Patrícia tenta dar não sai. Ela tem que engolir rapidamente o ar, se não quiser se engasgar.

– Chega de gracinha e me escuta, tem gente te esperando...

"Como é que essa bruxa sabe?"

– ... você é uma das pessoas mais sensíveis de que eu já cheguei perto, menina...

Não se trata exatamente de um elogio o que dona Cida acaba de dizer.

– ... sensível, forte e determinada...

– Palmas pra mim!

A brincadeira de Patrícia não interessa a dona Cida.

– Você ainda não tem noção exata do que é capaz de mover com a sua força. Tá engatinhando no entendimento de si mesma e do que você é capaz...

Repetindo: Patrícia não está sendo elogiada. Continua sendo uma advertência!

– ... e você, menina, vai ter que se ver com cada passo que der em direção a usar a força que você tem e que aperfeiçoou com esses estudos que seu avô pagou pra você, principalmente pelo lado escuro do mundo...

"Como essa bruxa sabe do meu avô?"

– ... cada passo que você deu, os passos que você ainda vai dar... saiba, menina, eles vão pesar sobre os seus ossos, seus músculos, seu sangue e principalmente sobre a sua mente...

A advertência começa a ganhar ares de maldição?

– ... se você usar esse seu poder para o mal, a mais prejudicada será você.

Só agora Patrícia consegue voltar a interagir com a fala de dona Cida.

– Não existe essa divisão entre o bem e o mal.

– Acreditar nisso é o seu pior erro.

– O trabalho que eu estou fazendo...

– Eu sei muito bem o seu trabalho.

– ... é alinhado à ciência, à evolução da mente... da espécie...

– Quem te disse esse absurdo? Seu avô?

– O que a senhora sabe sobre ele?

– Muito mais do que você imagina.

– O que a senhora quer de mim?

– Eu quero que você pare, enquanto ainda é tempo.

– Impossível. Do ponto em que eu estou, não tem volta.

– Tem que ter. Eu vou te dar um aviso...

– Mesmo se tivesse...

– ... você não sabe o que te espera, se não deixar a minha menina em paz.

O pajé não é nem velho, nem novo. Veste calça *jeans*, camiseta verde com o símbolo universal da reciclagem em amarelo, chinelos pretos e o cabelo comprido amarrado em um rabo. Já dá para ver fios brancos escorrendo pela cabeça dele.

Os braços cruzados do pajé parecem mais um escudo. A expressão dele também está bem carregada. A luz dos faróis do carro, iluminando-o meio em diagonal, só piora os detalhes da expressão.

Juca está morrendo de medo do que lhe espera...

– Vai sobrar pra mim.

– Esse cara é o pajé?

– É, Tunico.

Juca já entendeu tudo. Não devia estar ali com Rafa e Tunico sem a autorização do pajé.

– Vem cá, Juca.

Mal acabou de dizer isso, o pajé já está atrás da árvore, longe do carro. Mesmo funcionando em uma rotação mais lenta, Tunico entendeu que o clima está pesado.

– O que foi, Juca?

– O negócio é comigo.

É tudo o que Juca diz antes de descer do carro.

– Fica aí, que eu já volto.

– O pajé...

– Fica aí, Tunico.

Até a paciência de Juca tem limites. A poucos passos, Juca já sente o sangue quente e furioso do pajé correndo pelas veias.

– Por que você fez isso?

É uma pergunta. Mas é melhor Juca não responder.

– Pra que trazer esse menino pra cá?

– Foi o Tunico que levou o cara até a agência, pajé.

– Não mente, Juca.

– É verdade...

O pajé confia em Juca.

– ... e ele pediu pra vir pra aldeia.

– Foi ele que pediu? Então, o menino acha que eu posso ajudar.

Não tem nada de exibicionismo no que o pajé acaba de dizer. É só uma constatação.

– Se o pajé não puder...

Juca sabe que o pajé gostará menos ainda do que saberá em seguida. Mas ele tem que contar.

– ... ele era do circo. E foi abandonado.

Os olhos do pajé se arregalam.

– Então, foi o monstro que deixou o menino...

Juca sabe muito bem sobre quem o pajé está falando: o domador do circo. Desde que o circo chegou, o pajé sempre soube que aquele homem, o domador, era perigoso. O pajé sentiu.

– Por que o pajé tem tanto medo daquele velho?

– Medo? Quem disse?

Juca faz um pequeno resumo da parte da história de Rafa que ele sabe: que Rafa foi abandonado porque ajudou Lia e que, desde então, está vagando, definhando...

– O que mais?

As últimas frases de Juca deixam o pajé bem intrigado; especialmente a última.

– Repete o que você disse, Juca.

– O Rafa pediu pra levar ele pro fogo.

É preciso um tempo para o pajé fazer as conexões que precisa para tentar entender o que ouviu.

– Traz o menino pra minha cabana. E, depois, some com esse zonzo daqui.

Zonzo é Tunico. Tem alguma coisa na energia dele que o pajé não conseguiu decifrar. Depois de dizer isso, o pajé some no mato.

– Me ajuda, Tunico.

Em dois, até que não é tão difícil tirar Rafa do carro e colocá-lo em pé. Rafa está bastante sonolento, mas consegue caminhar com as próprias pernas. Só precisa ser escorado.

– Deixa que eu levo ele sozinho até a cabana do pajé.

Tunico pensa em protestar, mas não é o melhor momento.

– Amanhã cedo, leva o carro até a agência, por favor, Tunico.

O trajeto entre o carro e o centro da aldeia é curto, mas, pela letargia de Rafa, leva um tempo considerável. Por centro da aldeia entenda-se uma clareira, com uma fogueira que já vai pela metade e algumas cabanas distantes umas das outras e meio camufladas pela mata.

Não tem nenhum indígena em volta da fogueira. Poucas cabanas têm luzes acesas e, ainda assim, bem fracas ou luz de velas. Barulhos, só roncos de bichos.

Quando Juca entra na cabana, o pajé já está lá. Tem uma rede armada, um pequeno armário de madeira antiga, algumas cuias, cabaças e tigelas penduradas na parede e uma pequena fogueira perto da rede.

Ao lado do fogo, o pajé estende uma esteira.

— Põe ele deitado na esteira, Juca.

Rafa está menos desperto. Os passos até ali parecem ter consumido suas últimas forças.

— Agora, tira os tênis dele e dá o fora.

Antes de sair, Juca tem a impressão de ver mais rugas no rosto de Rafa do que quando ele chegou à agência.

"Deve ser impressão."

Mas não é. A pele de suas mãos também está começando a enrugar.

— Se precisar de mim, o pajé chama.

Assim que Juca sai, o pajé acende um cigarro de palha, chega mais perto de Rafa e vasculha-o com os olhos. Rafa dormiu novamente. Só na terceira baforada que o pajé dá no rosto dele é que Rafa começa a acordar.

— Fica quieto.

Parece que a fumaça ajudou Rafa a acordar novamente. Quando ele percebe onde está, sorri aliviado.

— Eu sabia...

— Eu falei pra ficar quieto.

E quieto mas atento, desperto como fazia tempo que não ficava, Rafa acompanha o pajé segurar o cigarro entre os dentes e começar a conferir com as duas mãos algumas partes do seu corpo: primeiro as têmporas, as veias do pescoço, atrás dos cotovelos, os pulsos... aperta sua barriga em volta do umbigo, as extremidades da virilha um pouco abaixo da barriga, as canelas, as pontas dos dedões.

Quando se dá por satisfeito, o pajé encara Rafa com os olhos arregalados de tanta surpresa e pergunta...

— Foi o monstro que fez isso com você?

Rafa acha engraçada a maneira como o pajé chama o domador do circo.

— Ele não é um monstro.

Não interessa ao pajé dizer o que sabe.

– Desde quando você vive assim, menino?

Claro que Rafa entendeu que, com essa pergunta, o pajé quer saber desde quando ele existe sem pulsação. É bastante triste, assombrado e sem esperança que Rafa responde...

– Faz tempo que eu não tô vivo.

oito

"– Eu vou te dar um aviso..."

O que Patrícia ouviu de dona Cida mexeu tanto com ela, que a arrogante garota teve que fugir.

"–... Você não sabe o que te espera..."

Fugir para resistir à tentação de aceitar imediatamente o "aviso" de, talvez, a única pessoa no mundo que Patrícia admire.

"–... se não deixar a minha menina em paz."

É com a última fala de dona Cida aos picados, reverberando no meio de seu pensamento rápido e treinado para reconhecer armadilhas, que Patrícia vai em direção à fazenda.

Antes de sair, ela até tentou posar de superior, inatingível, de quem não tinha o menor temor da ameaça contida no aviso. Pura encenação!, que fez dona Cida entender imediatamente que sua mensagem estava dada, que Patrícia estava levando consigo o que acabou de ouvir e que não ia conseguir se livrar desse aviso/ameaça assim tão fácil.

Foi por isso até que dona Cida não fez nada para impedir que Patrícia fosse embora.

"Se essa bruxa pensa que me intimida..."

Mesmo sabendo que é mentira o que acaba de pensar, Patrícia abre a janela e grita para fora do carro, na noite escura...

– Eu não tenho medo de você, bruxa.

... como se quisesse se livrar do que está sentindo. Ou, quem sabe, para fazer seu grito voltar no ar e chegar até dona Cida.

O que tira Patrícia do devaneio é a insistência do sinal de estática do radiotransmissor. O capataz chamou várias vezes, mas o rádio tinha ficado no carro enquanto Patrícia esteve com dona Cida.

– *Dona Patrícia?*

– Tô chegando.

– *Os bichinhos tão furiosos.*

– Eu também estou.

Ela disse a verdade. É cheia de fúria que Patrícia insiste em buzinar, mesmo quando vê que os seguranças já se aproximam do carro.

– Que moleza!

São dois homens enormes e fortemente armados, diga-se de passagem; que revistam com os olhos e com detectores de metais e produtos químicos o carro de alto a baixo e todas as suas entranhas.

A ordem era do avô e Patrícia fez questão de mantê-la ativa: ninguém!, nem mesmo ela, tem ordem para entrar sem ser revistado.

Uma estrada sinuosa de cascalho leva ao que se pode chamar de QG; era assim que o lugar era chamado pelo fazendeiro.

Por QG entenda-se o complexo onde ficam a sede da fazenda e mais duas construções relativamente próximas, mas separadas da sede, e onde está o escritório principal que era do avô e agora pertence a Patrícia.

Lá também está o laboratório, que sempre pertenceu a ela. As construções são modernas, imponentes, mas não ostentam; pode-se dizer que são quase discretas e não revelam um milímetro de todos os cuidados de segurança que foram tomados e estão ativos para blindar o trabalho que Patrícia desenvolve do lado de dentro.

Só o que se vê, sob o ponto de vista de medidas de segurança, são as quase inofensivas microcâmeras espalhadas pelos quatro cantos e monitoradas pela central, no escritório principal.

O capataz é magro, muito alto, tanto que parece que faltou pano para completar as pernas de sua calça *jeans* surrada e da camisa xadrez de mangas compridas. As botas estão sujas de terra. A barba preta espessa quase cobre a boca. Ele amassa ainda mais com as mãos um chapéu amassado de feltro, como se fosse estrangulá-lo.

– Eu não aguentava mais esperar, dona Patrícia.

– Então, por que não se jogou no canil?

Patrícia pega a mochila e deixa a porta do carro aberta, para que o capataz a feche, e segue andando em direção ao prédio onde fica o laboratório.

São dois andares, pouco maior do que um sobrado, e está totalmente apagado. O céu continua escuro. Algumas lâmpadas frias fixadas em postes iluminam um caminho que circunda a casa e leva até o canil.

É por esse caminho que Patrícia vai com o capataz. Já dá para ouvir os latidos e rosnados irados dos *dobermanns*. O capataz não exagerou.

– Quando isso começou?

– Logo que anoiteceu.

– Você deu a ração?

– Dei.

– ... as vitaminas?

Mesmo sabendo que o aditivo que Patrícia dá aos *dobermanns* não tem a ver com vitaminas, pelo menos não com o tipo de vitaminas usadas para fortalecer os ossos e o corpo... o capataz confirma.

– Sim, senhora.

O canil é do tamanho de uma quadra poliesportiva, metade de um campo de futebol. Algumas lâmpadas frias no alto do alambrado duplo e reforçado iluminam os cantos e o centro do canil. O alambrado é fechado em cima também.

Algumas áreas do canil estão escuras. Não dá para saber ao certo quantos cachorros são. Vinte? Trinta? O que se sabe é que eles estão furiosos, incomodados, latem e rosnam com mais ferocidade do que nunca.

– ... e nem é lua cheia, dona Patrícia.

– Não diz bobagem!

– A senhora...

O que paralisa a fala do capataz é ele constatar que Patrícia está tirando de sua mochila um par de luvas pretas que ele reconhece muito bem. Parecem feitas de couro, mas são de uma fibra sintética bem mais resistente. Nas pontas dos dedos, pelo lado de dentro, há minúsculos sensores com "nanolâmpadas" menores ainda e que quase não se vê.

Além da surpresa, o que faz o capataz interromper sua frase é perceber que Patrícia fará, sim, o que ele está temendo que ela faça: ela vai entrar no canil.

– Não faz isso, dona...

Tarde demais. Patrícia já está destrancando os ferrolhos de aço maciço. Os *dobermanns* se alvoroçam ainda mais e correm em direção à porta, se atropelando e se enfezando uns com os outros por esses atropelamentos. Antes de entrar, Patrícia aciona, por um minúsculo botão na altura do pulso da luva esquerda, os sensores dos dedos. A luz das "nanolâmpadas" fica mais forte e começa a se ouvir um chiado saindo dos sensores.

– Dona...

O chiado se estabiliza em um zunido agudo e contínuo que varia de intensidade em alguns momentos.

– ... a senhora tá vendo?

O que o capataz está querendo dizer é que, mesmo com o sinal sonoro de controle cerebral que os *dobermanns* estão recebendo, eles não estão se acalmando.

– Dessa vez, nem os barulhos que a senhora faz pra acalmar os bichos...

– Fica quieto.

Claro que Patrícia está percebendo os cachorros furiosos. É por isso que ela tranca novamente os trincos que já tinha aberto. O que ela não está é acreditando que, mesmo com o som de comando, eles continuam encarando-a com as bocas escancaradas, rosnando e latindo.

Alguns com dentes cerrados para rosnar com mais ferocidade e mostrando que estão prontos para estraçalhar o que puderem. Foi assim que eles fizeram com seu avô e o delegado.

– Os lobos andaram rondando?

O capataz fica mudo. Ele não sabe se é para responder. Patrícia acabou de dizer para ele ficar quieto.

– Eu perguntei se os lobos...

– Não, senhora. Não que eu tenha visto.

– ... "não que você tenha visto"... não é garantia de nada!

Agora, tem mais um detalhe perturbando Patrícia. O cheiro do suor dos cachorros. Um odor diferente do que ela sempre sentiu. Desagradável. Lembra um pouco o cheiro de algo podre, de uma ferida infeccionada entrando em decomposição.

– Quanto você deu das vitaminas para eles?

– A quantidade de sempre.

– Vai buscar os frascos, eu quero conferir.

– Eu não vou deixar a senhora sozinha com essas feras.

– Vai buscar os frascos, anda.

Assim que o capataz sai, Patrícia deixa aflorar o medo que estava camuflando em estranheza...

"Isso não tá acontecendo."

... e tenta ajustar os sensores sonoros das luvas para uma outra frequência. Um som mais alto e mais sincopado. Som que deixa os *dobermanns* ainda mais irados.

"Como assim?"

A indignação de Patrícia tem muitas camadas. Provavelmente, ela nunca passou antes por uma situação como essa, que tenha desestabilizado tanto o seu entendimento.

Na terceira tentativa de programar as luvas, o som sai alto, estridente. Patrícia chega a ficar enjoada e sente tontura.

"– ... *você é uma das pessoas mais sensíveis de que eu já cheguei perto...*"

De onde vem essa frase que acaba de reverberar dentro da cabeça de Patrícia? Parece um pensamento seu, mas não é. É a voz de dona Cida, que Patrícia ouve como se as duas estivessem falando ao telefone.

"– *Você ainda não tem noção exata do que é capaz de mover com a sua força.*"

– Fica quieta.

A austeridade de Patrícia quando emite essa voz de comando é alta; como se ela quisesse se livrar da voz de dona Cida dentro de sua cabeça.

"– ... *Tá engatinhando no entendimento de si mesma e do que você é capaz...*"

Mas nem isso ela consegue fazer. A voz suave e firme de dona Cida continua falando com ela, como uma gravação escondida em algum lugar e que Patrícia não consegue acessar, para fazer parar.

– Eu tô mandando parar com isso, bruxa.

Os gritos de Patrícia estão deixando os cachorros mais irados. Alguns se chocam contra o alambrado, como se eles quisessem atravessá-lo para atacar Patrícia; e acabam se mordendo. O cheiro de sangue perturba-os ainda mais.

– Sai daqui, bruxa!

"– *Você ainda não tem noção exata do que é capaz de mover com a sua força.*"

Ao ouvir de novo essa frase, o cheiro forte de ervas que Patrícia sentiu quando estava com dona Cida volta. Ela sente um arrepio. É como se, agora, dona Cida estivesse ali.

– Some daqui, sua bruxa!

É dando empurrões no ar que Patrícia repete essa frase, tentando se livrar da voz, do cheiro e das ideias de dona Cida, que ela não vê, mas entende estar ali.

– Some... Bruxa...

Os cachorros, tão desesperados quanto Patrícia, dividem agora sua fúria entre ela e alguém que não se vê.

– ... bruxa...

"– ... e você, menina, vai ter que se ver com cada passo que der em direção a usar a força que você tem e que aperfeiçoou, com esses estudos que seu avô pagou pra você, principalmente pelo lado escuro do mundo..."

Essa é a última frase que Patrícia escuta, antes de entrar em estado de choque.

Quando Caio começa a responder à pergunta de Billy...

– O que você fez com a garota?

... um filminho começa a rodar na frente dele. Um desses filmes baratos, feitos com a câmera do celular, imagem de boa qualidade por causa do avanço da tecnologia, mas meio precário sob o ponto de vista de enquadramento, iluminação, trilha sonora, captação de áudio e interpretação dos atores.

O filminho...

Tem alguma junk star cantando gritado e desafinado dentro do rádio do carro. Assim que Caio entrou e travou a porta, a menina loira/millennial/linda/perfumada/descolada/destemida começou a falar, falar, falar.

Falou sobre as meninas e amigos que iria encontrar, que duas das meninas eram amigas da faculdade. Falou sobre a faculdade, o curso, os problemas que estava tendo pelo assédio de um professor. Lembrou-se de um vizinho do andar de baixo que também estava assediando-a, que o namorado da mãe dela também já tinha tentado assediá-la e que, por isso, ela tinha ido morar com o pai, que bebia, que brigava com o meio-irmão dela que andava se drogando.

E voltou a falar da amiga que era amiga da dona da festa, que essa amiga estava deprimida e tinha tentado se matar duas vezes, e falou de sua expectativa sobre a festa, que esperava que a prima da dona da festa, que é da mesma faculdade que ela, não estivesse lá, porque essa menina também a assediava.

"– ... entendeu, a 'menina' me assediava?"

"– Entendi."

"– Ela gosta de meninas."

Nem dá tempo de Caio confirmar que já tinha entendido da primeira vez. A menina loira/millennial/linda/perfumada/descolada/destemida volta a decupar a lista VIP de pessoas que estavam em festas, camarotes VIPs, baladas e esquentas-para-baladas em que ela já esteve e que deram em cima dela.

"– Não."

Caio não sabe quem é o ator que passou de raspão pela novela das nove que estava no camarote xis. Nem o jogador que jogava na Espanha e voltou e que também estava na balada ípsilon. Muito menos o funkeiro do esquenta-para-baladas zê.

"– ... em que mundo você vive, cara?"

Por incrível que pareça, tudo até agora estava dando a Caio uma agradável sensação de normalidade. Mesmo com um repertório tão banal e com uma vidinha tão precária e triste que a menina estava mostrando levar, esse papinho estava dando a Caio a ilusão de ainda ser o garotão de quem as garotas faziam de tudo para chamar a atenção, adoravam se aproximar e depois ficavam tentando posar de descoladas, difíceis.

Essa menina, que mesmo falando tanto e nada tendo dito sobre si (nem o nome ela falou e Caio também não teve interesse em perguntar!), transportou Caio por esses minutos para uma vida que ele já não tem mais.

"– Do lado escuro da lua."

A frase de Caio é para responder à pergunta que a menina nem se lembrava mais de ter feito, pergunta que nem era para ser respondida.

"– Não entendi."

Pela primeira vez, os olhos da menina vasculham Caio com mais atenção. O carro até escorrega para a metade da outra pista; ainda bem que é de madrugada e nessa avenida por onde eles estão passando há poucos carros.

"– Você não tinha perguntado sobre o meu mundo?"

O sorriso da menina é para tentar se convencer de que Caio está brincando ao usar um tom tão... ela não consegue nominar a estranheza do tom de Caio. Falta a ela vocabulário.

"– Que papo é esse, cara?"

Como se seu braço direito fosse a cobra sinuosa do desenho do menino lobo, Caio leva-o até o rádio do carro e aumenta o canto (?) esganiçado (!) da junk star.

Na letra, ela tá xingando o ex, todos os ex, e, por garantia, os próximos ex. Mesmo Caio não tendo dito mais nada, a menina está começando a entender que deve ter se metido em uma encrenca.

"– Você não tá pensando em me fazer nada de mau, tá?"

A mão esquerda que Caio põe no pescoço da menina, um pouco abaixo da nuca, é quente. Quase queima.

"– Para com isso, cara."

Os carinhos que Caio começa a espalhar pelo pescoço dela quase nada têm de carinho; e vão deixando, por onde a mão passa, uma onda de calor que faz a menina ficar mais aflita.

"– Dá pra tirar a mão da minha nuca, por favor?"

A menina está com medo. Com razão. Caio também está com medo. Com razão. O suor perfumado da menina entra pelas narinas dele e embrulha o estômago. Tem uma nuvem se formando em frente aos olhos e ao entendimento de Caio.

"– Eu vou gritar, cara."

Tanto ela quanto Caio sabem que em nada vai adiantar a menina gritar.

"– Para o carro."

Caio nunca ouviu sua voz ser emitida com tanta grosseria. A menina tenta, com a mão direita, empurrar a mão esquerda de Caio de seu pescoço.

"– Cara..."

Os olhos de Caio veem antes dos olhos da garota uma rua estreita um pouco mais à frente.

"– Entra nessa viela."

A menina começa a chorar. Um choro desesperado que enche o rosto lindo da garota de lágrimas pretas de rímel.

"– ... por favor..."

"– Tô mandando."

Caio nunca falou assim com ninguém. Não foi Caio quem falou. Tem alguém falando e agindo em seu lugar.

"– ... é dinheiro..."

O desespero faz as palavras saírem babadas e entrecortadas da boca da menina.

"– ... eu não tenho dinheiro..."

"– Fica quieta..."

A viela é estreita, só tem casas mal iluminadas, algumas árvores magras. Nenhum segurança.

"– ... para o carro."

Carro desligado. Um latido intrigado acusa a entrada do carro na rua. O latido ouriça os pelos dos braços de Caio e a raiz de seus cabelos. Dentro do latido, Caio consegue identificar estranhos agudos.

Parece que a fúria do latido do cão, na verdade, camufla o medo que ele está sentindo.

Caio "sente" isso só de ouvir os agudos? Como assim? Ele não faz a menor ideia. A pulsação de Caio aumenta. A respiração fica ofegante.

"– ... sua mão tá queimando o meu pescoço..."

Algo dentro de Caio começa a chorar. Algo muito fraco nesse momento e incapaz de controlar as péssimas ideias que estão tomando forma.

"– ... não faz nada comigo..."

O choro de Caio já é de arrependimento pelo que ele ainda vai fazer. O choro da garota, de desespero.

"– ... por favor..."
Um celular toca dentro do carro.
"– Deixa eu atender, por favor?"
Mas não é o telefone da menina que está tocando. Com a mão livre, Caio confere o número na tela de seu telefone. Ele não reconhece o número, mas sabe quem é. Ele solta o pescoço da menina para atender. Mas a ligação já caiu. Desconectando as péssimas intenções que tinha para a menina desesperada ao seu lado, Caio sai do carro para ligar novamente.
Antes mesmo de completar a ligação, a menina já deu ré, saiu da viela e deu o fora cantando pneus.

Quando Caio terminou de contar a sua estranha experiência, Billy o convenceu de que aquela conversa ainda seria longa e que os dois estariam mais seguros em um lugar privado, como o *flat* onde ele está hospedado.

Caio não apresentou a menor resistência em aceitar o convite. Ele estava acreditando que, se tinha alguém no mundo capaz de ajudá-lo nesse momento, esse alguém era o Billy.

É no carro a caminho do *flat* que a conversa continua...

– ... então você não chegou a fazer nada com ela?

– Claro que fiz, Doc. Eu assombrei essa menina.

– Quem faz o que ela fez tá pedindo pra ser assombrado.

– Moralista, hein, Doc?

– Talvez ela não dê mais carona a um estranho.

– Essa menina nunca mais vai ter sossego...

Se o começo da frase de Caio já tinha saído como uma triste constatação, a maneira como ele a termina só piora.

– ... nem eu.

É depois de um suspiro triste e atormentado que Caio pergunta...

– ... diz aí, Doc: como é que você pode me ajudar?

Billy olha para a camiseta manchada de sangue que Caio está segurando, antes de dizer com cautela...

– Eu pesquisei os resquícios dos sangues na camiseta e...

– "Dos sangues"?

A pergunta óbvia de Caio fez até Billy dar uma risadinha.

– Não se tratou de um flagelo, Caio. Naquela noite, alguém atacou você.

O carro chega ao *flat* onde Billy está morando. Caio reluta em descer.

– Tá com medo de mim?

A pergunta de Billy é quase uma brincadeira. Caio não acha...

– E o que me garante que no seu apê eu vou estar seguro, Doc?

– Nada. "Seguro" em relação a quê?

Billy estava começando a perder a paciência.

– Cara, neste momento você tem duas alternativas: ou vai embora e continua vagando "aos pedaços", pronto a atacar, ou vem comigo pra gente tentar juntos chegar à origem do que te aflige.

Pela primeira vez Billy é muito explícito quando se refere ao que pode fazer por Caio.

Mas será que é mesmo chegar à origem do que o aflige o que Caio quer? O, digamos, "quase ataque" satisfez alguma coisa dentro dele.

Parte de Caio repudia o ponto a que ele chegou, ainda um nada frente ao que ele já entendeu de que é capaz. Só que tem um lado, o lado mais sombrio, sobre o qual Caio não tem o menor controle... esse lado parece estar satisfeito com o que aconteceu. Satisfeito? Curioso? Ansioso pela próxima?

Que natureza é essa que aflora e que é capaz de achar natural abater, atacar, morder... quem sabe, matar? Do que essa natureza precisa? O que ela quer? Sangue? Caio está virando vampiro? Não é o que parece. Isso é possível?

– Ouviu o que eu disse, Caio?

– !

– Vamos? Ou você prefere ficar?

– E se eu te atacar?

– Eu tenho como impedir que isso aconteça.

A demora de Billy em dar essa resposta deixa-a ainda mais enigmática.

– Depois não diga que eu não avisei, Doc.

Essa é a primeira vez que Caio se refere ao que está acontecendo com ele, a essa nova possibilidade de sua existência, "atacar", com alguma naturalidade.

– Você tá com fome? No *flat* não tem quase nada pra comer.

– Faz tempo que eu não sinto fome. A comida me enjoa.

Billy já esperava por isso.

– Vamos arrumar alguma coisa para você comer.

Mesmo dizendo alguma coisa, no genérico, o tom de voz de Billy sinaliza que ele tem bem claro o que quer comprar quando para no estacionamento do supermercado 24 horas.

– Posso ficar no carro?

Está difícil para Billy responder de imediato às perguntas de Caio. Mesmo as perguntas mais simples, parece que Billy tem que configurá-las a um contexto particular que, por enquanto, só circula dentro da cabeça dele.

– Tudo bem. Mas a chave fica comigo.

Setor de hortifrúti. Suco de laranja, banana, couve, alfaces, cenoura e tomates, vários tipos de tomates.

"Leite?"

– Talvez seja o caso.

Não tem ninguém na fila. A caixa boceja ao mesmo tempo que pergunta...

– Débito ou crédito?

Billy paga em dinheiro.

– ... não precisa de sacola plástica.

Depois de um banho, Caio consegue tomar o suco de couve e laranja que Billy fez. O leite, ele rejeita.

– Agora podemos conversar, Caio.

– Não podemos.

Que estranho. Parece que, agora, quem quer adiar a conversa é Caio? É isso mesmo?

– Eu preciso dormir um pouco... e, quem sabe, pôr em alguma caixinha aqui na minha cabeça as coisas que eu andei fazendo ultimamente... acho que, descansado, eu vou conseguir interagir melhor em nosso papo.

Billy não ignora que naquela frase e na ação de Caio tem alguma tentativa de ganhar tempo.

– Tá com medo, Caio?

– Tô me sentindo igual a alguém que fez um exame pra confirmar uma doença grave, sabe que tá doente, pega o envelope e acha que, adiando abrir o resultado, está se afastando da doença.

– Você é quem sabe.

O *flat* tem um quarto só. Billy diz que dormirá na sala, que está menos cansado do que Caio.

– Tudo bem.

As poucas horas que Billy dorme no sofá o revigoram totalmente. Ele acorda no começo da tarde e confere, abrindo a porta do quarto devagar, que Caio ainda está dormindo.

Billy confere as trancas dos armários, a caixa de *e-mails...* "Vou correr."

Suco igual ao de Caio para Billy, banana com aveia, tênis, bermuda, boné porque o sol tá pesado, elevador, garagem. Trânsito carregado. Parque relativamente vazio. Oito quilômetros em quarenta e cinco minutos, até que não é nada mau. Trânsito mais carregado.

Quando Billy chega, o apartamento está vazio e todo revirado. Depois de conferir o que está faltando, Billy percebe que Caio deixou para ele um texto digitado em uma página na tela do computador.

– Morto, você também não tá.

O pajé tem razão. Se, como Rafa acaba de dizer, ele não está vivo, morto de fato o cara não está. Pelo menos não nos moldes como se conhece a morte.

– A morte tem muitas caras, o pajé deve saber.

– A vida também.

Antes de continuar, Rafa senta-se na esteira, dobra as pernas e as abraça com os braços compridos.

– O pajé já deve ter visto muita coisa, participado de bem mais experiências do que cabem na cabeça da maioria das pessoas, então não deve estar me estranhando.

– Tá enganado, menino. Tô estranhando, sim...

O que ele acaba de ouvir espalha por Rafa um arrepio de medo e desproteção.

– ... a morte só leva quem pede por ela.

Pela expressão dele, Rafa não concorda muito.

– O senhor acha que eu chamei a morte?

– Não sei.

– Aquele homem que o senhor chama de monstro... foi ele que me criou...

Ah! Finalmente Rafa resolveu começar a dar forma à sua história.

– ... eu fui abandonado pelo meu pai que era bêbado e vivia pelas ruas se drogando. Quando eu tinha uns oito anos, eu já não aguentava mais aquela vida de rua, faltava de tudo... eu queria comer direito. Eu queria aprender. Eu via as crianças saindo da escola e às vezes roubava livros delas. Tentava entender as letras e chorava por não conseguir, e apanhava da minha mãe por chorar por causa de uma "bobagem dessas", querer aprender a ler. Ela queria me usar como avião, sabe? Pra ajudar a traficar droga.

– Não precisa explicar tantos detalhes. Eu sei o que é "avião".

– Calma, pajé.

O pajé se surpreende e se ofende um pouco com a bronca de Rafa. Ele não está muito acostumado a levar broncas.

– Fala mais, sem muitos detalhes.

Rafa não está interessado em ser muito econômico. Deve estar sendo um alívio para ele contar a sua história.

– Em um dos acessos de fúria drogada de minha mãe, o circo estava passando pela minha cidade. O senhor deve saber o que representa para uma criança ver um circo pela primeira vez.

– Fala mais.

– ... bom, depois de apanhar muito da minha mãe, eu fugi, fui até o circo chorando, assustado... e pedi para o domador, é assim que todo mundo sempre chamou ele, "domador". Eu pedi ao domador para me levar com ele... ele me aceitou, desde que eu trabalhasse. O cara era meio bravo, misterioso... mas não fazia mal a ninguém. Aparentemente não fazia mal a ninguém. Naquela época, ainda se podia ter animais nos circos. Os bichos eram tudo pra ele. O cara tinha uma ligação profunda, sabia tudo sobre a vida animal. Tratava os bichos com cuidado e carinho, como se fossem da família dele... e eu comecei a ajudar a cuidar do único leão que ele tinha, do elefante, das zebras, fui aprendendo com ele a ter amor pelos bichos. Fiquei bem amigo dos macacos...

O pajé acha graça no que acaba de ouvir.

– Se os macacos aceitaram ser seus amigos, você não deve ser tão ruim quanto eu pensei.

O sorriso que Rafa devolve ao pajé desmancha ainda mais a onda de tensão dentro da cabana. Parece que os dois estão começando a se entender.

– ... o domador/dono do circo, que não tinha família, meio que me adotou como filho. Me ensinou a ler, comprou livros de matemática, das outras matérias da escola também... mas nunca me deixava entrar no *trailer* dele. O circo, nessa época, devia ter uns cinquenta artistas, mas ninguém podia entrar lá... ah! a maioria dos adultos do circo meio que me adotou, eu virei o mascote... fui aprendendo a fazer malabares, mágicas... trapézios... e fui virando um cara bonitão, sarado...

– ... e exibido!

– ... é, e exibido. Mas sem ter acesso ao *trailer* do domador. Aí, os bichos foram proibidos, eu virei trapezista, engolidor de espadas, o circo foi ficando mais pobre. O domador começou a envelhecer... e ficou cada vez mais triste, por ter se separado dos bichos, que foram doados para uma instituição...

– Posso saber a que horas vai entrar nessa história o que a morte tem a ver com essa conversa?

O tom do pajé já é bem íntimo quando ele faz essa pergunta, que tem muito mais de brincadeira do que de cobrança.

– É agora: até que eu levei um raio.

– Raio?

– Um raio muito forte. Era verão, chovia muito... o circo estava passando aqui por perto, até. O pajé sabe que nessa região caem muitos raios.

– Sei.

– E eu morri, pajé. Meu coração parou de bombear sangue, meus pulmões pararam de funcionar...

– O que mais?

– Isso eu fiquei sabendo depois, pelo domador, quando eu acordei dentro do *trailer* dele, deitado em uma poltrona de couro enorme, conectada a um monte de fios que estavam me dando descargas de choque.

– Como é isso?

Frustra um pouco o Rafa constatar que, aparentemente, nem o pajé tem elementos para digerir a sua história.

– Achou estranho, pajé?

– Muito estranho.

– Eu também acho.

– Como "você também acha"?

– Sinceramente, até hoje eu não entendo o que aconteceu comigo. Sabe quando alguém se afoga, para de respirar... e que quem salva essa pessoa faz a respiração boca a boca? No dia que eu levei o raio e meu coração, meus órgãos... tudo parou de funcionar, foram os choques que o domador do circo me deu que me trouxeram de volta. Meus pulmões voltaram a respirar. E só.

– ... o que quer dizer "e só"?

– Meu coração não bate, meu sangue não circula, eu não como, não vou ao banheiro...

– Não come? Do que você vive, quer dizer...

Está bem difícil para o pajé nominar o que ele quer saber. Rafa tenta facilitar as coisas.

– Desde que o domador me salvou, ele me manteve à base de choques. Eu existo por causa dos choques. Eu não levo choque desde que traí a confiança do domador e ele foi embora, levando o equipamento que tinha criado para... desculpa eu falar assim, mas é assim que se fala... para me abastecer.

– Equipamento?

– O domador era também, sempre foi, um... para simplificar, um alquimista... conectado à química secreta... à magia... fazia pesquisas com elementos químicos, eletricidade... ele também... melhor eu falar tudo, ele também fazia pesquisas com espécies animais...

– E o que ele queria com a Lia?

Do que Rafa se lembra o assusta!

– Não era coisa boa.

– Eu disse que ele era um monstro.

– Ele não é um monstro...

A energia de Rafa começa a baixar de novo. Ele sente uma tontura, seu corpo começa a tremer.

– O que foi, menino?

– Tá doendo muito...

– O que dói?

– ... cada vez dói mais...

– Onde dói?

– Tudo. Quando a energia baixa, eu sinto muita dor... parece que meu corpo tá tomado por pedras... tá empedrando... tô sufocando... essas rugas que estão aparecendo... me ajuda, pajé... me ajuda a acabar com isso de uma vez... me leva pra queimar.

nove

Caio acordou bem pior do que foi dormir. Acordar é exagero. O cara nem dormiu. Ficou em um estranho estado de vigília, ouvindo sons ensurdecedores, se debatendo contra imagens. Mas sem conseguir sair da fantasmagoria audiovisual de seus pesadelos.

Na cabeça de Caio se mixavam o áudio e as imagens das frases calmas de seu pai, a voz do garoto assustado do sebo de livros, os gritos aflitos da drogada do beco, os sons e luzes da cidade, a voz assombrada da garota loira, o latido do cão no beco aonde Caio chegou com ela. O choro da garota. A voz de Billy. E nada fazia sentido.

Caio acordou mais cansado. Mais aflito. Mais triste. E com mais vontade de acabar logo com o que estava vivendo. Desconectar-se dos restos da vida humana que ele ainda sentia pulsar dentro dele e entregar-se de uma vez a essa nova natureza que o impedia de dormir, de comer, e que o impulsionava a querer atacar.

Por falar em atacar, quando Billy entrou no quarto, Caio não entendeu bem o porquê de ele fazer isso, fingiu estar dormindo e se preparou para atacá-lo. Quando Billy saiu do quarto, a sensação de estranheza com ele aumentou. Alguma coisa em Caio sabia, tinha certeza, que ele não devia confiar em Billy. Mesmo Billy tendo acolhido Caio em sua casa? Mesmo assim. Aliás, especialmente por isso. Tinha alguma coisa errada nessa acolhida.

Assim que Billy saiu, quando Caio sentiu que ele não ia mais voltar para pegar uma chave ou um fone de ouvidos, Caio resolveu colocar em ação o precário plano que tinha planejado.

"Espera aí... eu 'senti' que o Doc não ia mais voltar, naquele momento?"

É a primeira vez que Caio realiza em sua mente essa nova possibilidade.

"Como é que eu fiz isso, cara?"

Alguma coisa dentro de Caio, a mesma coisa que fez com que ele ficasse esperto com a entrada de Billy no quarto, ajudou o cara a acompanhar o trajeto do calor do corpo de Billy, sua passagem pelo quarto, seu deslocamento em direção à porta, Billy mudar de ideia e voltar até a sala, abrir os armários, sentar-se em frente ao computador... tudo bem, até aí era só seguir os sons e deduzir, o apartamento é pequeno, estava silencioso.

Mas e depois, quando Billy saiu pela porta e começou a descer pela escada os cinco andares? Caio não ouvia mais nada, só sentia esse calor se deslocando... se afastando... até ele se desconectar totalmente do prédio.

– Como é que eu fiz isso, cara?

Foi quando transformou o pensamento em pergunta que uma outra ficha caiu no assustado raciocínio de Caio: o latido do cachorro no beco.

O que Caio ouviu foi mais do que o latido, foi uma vibração, uma decodificação do medo dentro do latido. Caio ouviu as ondas do medo do cachorro vibrarem? Caio sentiu a energia, o calor de Billy se deslocar.

"Por que o cachorro? Por que Billy? Por que o cachorro estava com medo de mim?"

É esmurrando essas dúvidas em sua triste e confusa cabeça que Caio se levantou. Quando estava no banheiro, Caio se lembrou de que a vontade de urinar a toda hora não o incomoda mais.

Ainda saindo do banheiro, ele já sente o cheiro de seu sangue seco na camiseta que sabe que é sua e que Billy tinha deixado dentro da mochila, em cima do sofá. Farejando um pouco mais a camiseta, Caio conseguiu identificar o cheiro de um outro sangue junto ao seu.

Farejando?

É, farejando. Levando a camiseta até o nariz e "fungando", vasculhando-a com o olfato. Caio se dá conta de que não é a primeira vez que ele faz isso. Quase tudo, nos últimos dois dias pelo menos, chega a ele através do olfato, antes mesmo da visão.

O sofá não fica longe da mesa onde está o *laptop*. O apartamento é mínimo. Nada fica longe de nada. O *laptop* está ligado e ainda tem um pouco do calor de Billy na área revestida de metal, em volta dos teclados.

Será que não é a gordura das mãos de Billy? Pode ser. Mas seja lá o que for, Billy, antes de sair, desativou a senha de segurança do *laptop* e deixou-o liberado.

"O que o Doc quer que eu veja?"

As notícias sobre ataques de lobos em várias cidades? O gráfico que Billy fez, acompanhando o deslocamento em direção aonde eles estão? Ou as outras pastas amarelas de arquivo com os nomes Caio e Lia na área de trabalho do *laptop*? Óbvio demais. Fácil demais.

A pasta Lia tem mais conteúdo do que a pasta Caio. Na pasta Caio, cópias de alguns exames de sangue escaneadas e não recebidas pela internet e três arquivos de texto que se podem chamar de relatórios.

Em um desses arquivos, dois textos copiados e colados de *sites* de busca da internet: uma reportagem sobre a agência de turismo e uma entrevista que Caio deu há algum tempo, quando os ataques dos lobos começaram a acontecer no vilarejo. O segundo arquivo está vazio. E, no terceiro, as considerações que Billy fez sobre os exames do sangue de Caio. Considerações que fazem os olhos de Caio se encherem de lágrimas e que deixam seu coração ainda mais apertado.

Na pasta de Lia, tem bem mais coisas. Muito mais cópias de exames, relatórios, prescrições médicas, guia de internação, pedidos de exames... mais relatórios... e fotos de Lia em vários estágios da evolução de sua doença.

Lia ainda vistosa, como a mulata linda, alta, magra e de olhos verdes que Caio conheceu. Lia e suas belas pernas longas, seus braços finos. Lia na maca de hospital, com destaque para a cabeleira dela, que Caio sempre viu exuberante e arrepiada, agora totalmente enfraquecida, com tufos caídos no travesseiro. Lia mais magra. Mais encolhida. Com manchas no corpo. Com as unhas excessivamente crescidas. Lia tendo acessos de fúria e com três pessoas tentando controlá-la.

Em quase todas as fotos, a não ser nessa sobre a fúria de Lia, ela está com os olhos perdidos, com expressão de desprotegida. E triste. Muito triste. Sem saída. Sem entendimento. Incomodada pela luz.

Os arquivos também são muitos. Caio nem sabe por onde começar a ler.

"Pelas datas?"

Talvez. Billy já consumiu grande parte do seu tempo cuidando de Lia e, depois, processando as informações resultantes dessa interação. Foi ele quem cuidou da estranha menina que, dizem, tinha sido raptada pelos lobos e que, quando voltou, nunca mais foi a mesma.

"Espera aí..."

Um arquivo de texto chama a atenção de Caio: "infecção urinária". Quando Caio começa a ler, lá pela metade da segunda página (o relatório tem umas dez páginas de texto no corpo 12, dá até um pouco de preguiça para Caio começar), ele sente uma sensação estranha. É como se Caio estivesse fazendo mal a Lia. Ou invadindo a intimidade dela sem ter sido chamado.

Mesmo assim, Caio tenta ler mais um pouco. Mesmo assim, ele tenta chegar mais perto de Lia; uma garota com quem ele teve um breve romance, que trabalhou para ele algumas vezes como tradutora com turistas gringos, por saber um pouco de inglês.

Os outros arquivos trazem mais alguns detalhes sobre a saúde de Lia. Ou buscas sobre composição de remédios que Billy copiou e colou. Ou outras pesquisas sobre lobos, cachorros. Textos sobre desmatamento. Notícias sobre ataques de macacos na Índia, de ursos nos Estados Unidos e jacarés na Austrália... sempre trazendo como motivo do ataque a aproximação dos animais aos povoados e cidades e nunca desses bichos atacando no mato.

"Chega!"

As razões para Caio dizer chega são duas. A primeira é que ele sabe que em breve Billy estará de volta e não quer estar mais ali quando isso acontecer. A outra razão é que, enquanto Caio vasculhava os detalhes de Billy vasculhando a vida dele e de Lia, resolveu que antes de sair vai deixar digitada uma carta de despedida para o médico.

O que Caio leu, as ideias que passaram por sua turbulenta cabeça, ajudaram o cara a começar a vislumbrar algum entendimento sobre o que está acontecendo com ele.

Faz tempo que Caio não digita. Mais tempo ainda que ele não articula ideias para se comunicar com alguém, mas ele resolve tentar. Não por respeito a Billy, porque ele acha que Billy não merece. Mas por ele mesmo, por Lia.

– Fica quieto, menino.

Só depois que o pajé dá novamente algumas baforadas com seu cigarro de palha no rosto de Rafa é que o cara que se diz morto e mesmo assim está envelhecendo, que fala que só seus pulmões sinalizam alguma vida dentro dele, que acusa estar se empedrando e que pede para ser queimado... só depois de a fumaça entrar pelas narinas de Rafa ele consegue parar de espalhar pela cabana seu pedido para ser jogado no fogo.

– Me ajuda, pajé...

A natureza, a história de vida e a posição que ele ocupa na aldeia fizeram o pajé, aos poucos, ir se tornando um homem com uma certa tolerância para ouvir e lidar com o inesperado, o incompreensível e também com o inominável.

Mas essas mesmas coisas (a posição na tribo, a história de vida e a natureza) também fizeram dele uma das pessoas mais desconfiadas que se possa imaginar.

– ... o fogo acaba comigo em dois tempos.

– Você não quer morrer...

Rafa não entende a lógica do pajé.

– ... se quisesse, já tinha se afogado ou feito uma fogueira pra se jogar nela.

– O pajé acha que eu tenho força pra fazer uma fogueira?

– Tá bom. Vamos lá fora e eu aumento a fogueira. Mas você se joga nela sozinho, eu não vou fazer nada.

A dúvida faz Rafa ficar quieto.

– Tá entendendo, menino? Você não quer acabar de morrer coisa nenhuma.

O próprio pajé acha estranho o que ele acaba de dizer, "acabar de morrer". Não será essa a última frase estranha que o pajé dirá na vida, ele sabe.

– Mas, do jeito que eu tô, não dá pra continuar, pajé.

– Choques. É disso que você precisa.

O pajé diz essa frase como se a ideia dentro dela fosse a coisa mais óbvia do mundo. E talvez seja mesmo.

– Não é tão simples assim.

– Eu nunca lidei com coisas simples.

– O que me mantinham eram choques de uma voltagem específica, dados pela máquina que o domador tinha inventado. Eu não conheço ninguém que seja capaz de fazer outra igual.

Depois de dizer isso, Rafa fica esperando que o pajé diga algo como "eu sei". Ou "eu sou capaz". Mas ele não diz nada. Fica olhando para o pequeno fogo no chão da cabana. É como se o pajé estivesse falando com as brasas. Ou tentasse decifrar no movimento do fogo alguma resposta.

– O pajé não sabe o que me dizer, é isso?

Leva ainda algum tempo para o pajé voltar à conversa com o Rafa.

– O que o monstro queria com a Lia?

Agora é a vez de Rafa tentar ganhar tempo. Ele não esperava essa mudança de assunto tão brusca. "Aonde será que o pajé quer chegar?"

– Fala, menino. O que o monstro queria com a Lia?

– É muito difícil, pajé, olhar para as atitudes do domador sob o ponto de vista das pessoas normais.

– E quem é que disse que existem pessoas normais?

– Ele era um pesquisador...

– Menino, eu não tenho o dia inteiro!

– ... o domador está muito à frente desse tempo.

Até aí, tudo normal para o pajé. Ele também sabe muito bem como se movimentar entre as camadas do tempo.

– O domador se prepara, pesquisa e, de alguma forma, já interage com o tempo quando os seres híbridos, biológicos, mecânicos e biomutantes vão habitar o mundo ao mesmo tempo, multifracionando o mundo... o pajé entende?

– O que eu perguntei foi o que o monstro queria com a Lia.

– O senhor sabe o que aconteceu com a Lia, não sabe?

– !

– Claro que sabe. A Lia foi conectada ao mundo dos lobos, mas sem esse papo de lobisomem. No caso, seria mulher-loba, né?

– É, mulher-loba.

– Também não tem nada a ver com vampira.

– Claro que não.

– O domador me disse que já existem vários cientistas pesquisando esse assunto e buscando as mesmas comprovações que ele. Só que pelo caminho do conhecimento científico. O domador trabalha mais alinhado aos mistérios que estão além da ciência. Ele dizia: "lembra que a matemática precisou inventar o ponto para começar a explicar sua lógica ao mundo? O que ficou fora do ponto, e dessa lógica, continua existindo. Tem muito mais coisas fora do que dentro do ponto."

O pajé gosta do que acaba de ouvir!

– Fala mais.

– Pelo entendimento do domador, a Lia é o primeiro ser biomutante que ele sempre soube que já pudesse existir e nunca tinha encontrado.

– Como "já pudesse existir"?

– As espécies estão o tempo todo se aperfeiçoando, passando por mutações, mas dentro de um padrão relativamente reconhecido. De um tempo pra cá, desde o começo desse novo ciclo de aquecimento natural do planeta e com o uso excessivo das químicas da Terra... o pajé deve saber, já existiriam outros aquecimentos, mas em nenhum deles havia tanta gente usando, de maneira tão irresponsável, as químicas, os recursos naturais... sujando o ar... contaminando a água que se bebe, o que se planta, o que se come... é uma ideia um pouco complicada, mas tanta química alterada e em movimento está causando, além dos problemas de intoxicação, está causando essas alterações biológicas... mutações que ninguém sabe aonde vão dar... pelo que eu entendi, a Lia já está sofrendo alterações biológicas sem virar loba... pelo que o domador me disse, o comportamento desse tipo de novo ser que a Lia tá virando não faz dela uma caçadora, uma vampira, alguém ávido por sangue.

– Não?

Mesmo o "não" do pajé tendo uma dose de ironia, não dá para Rafa ignorar o quanto esse detalhe lhe interessou.

E o garoto continua...

– O domador queria a Lia. Queria ser o primeiro, ou um dos primeiros, porque ninguém sabe quantos seres humanos na mesma situação da Lia já existem... ele queria ser um dos precursores a conhecer, a pesquisar...

   – ... a domar... a dominar...

   – É o pajé quem está dizendo.

Esse tímido protesto de Rafa mostra o quanto é difícil para ele, mesmo com toda gratidão, defender as intenções do dono do circo em relação a Lia.

   – Não sou só eu que estou dizendo. Você também.

   – !

   – Por que você não entregou a Lia para o homem que salvou você?

   Mais uma vez, Rafa não consegue dizer nada.

   E o pajé...

   – Tá faltando alguém aqui, menino.

   – Não entendi.

   – Eu vou te dar um chá, você vai dormir, eu vou sair e buscar quem vai dar um fim a essa sua história.

   O chá fica pronto rápido. Rafa logo cai em um sono profundo. O pajé sai da cabana, da aldeia, e vai pelo mato intrigado. Falando com as árvores, com as pedras, os pássaros, com uma seriema que passa pelo caminho, com uma cobra que desvia dele para não picá-lo... com o ar, com o vento, com o tempo que passa por ele, procurando ajuda para tentar entender: se a Lia não precisa atacar para viver, por que ela ataca?

Estarrecimento. É o que se pode dizer do estado de Patrícia quando ela começa a recobrar o controle sobre si mesma e se depara com o ensurdecedor latido dos *dobermanns* irados, se chocando contra a grade e querendo atacá-la.

   Quanto tempo Patrícia ficou em estado de choque? Um minuto? Dois? Ela não sabe. O que Patrícia sabe é que essa apagada a ajudou a se livrar (da voz?) de dona Cida.

   Patrícia não é do tipo de pessoa que se dá ao luxo de ficar muito tempo fora de si. Ela já se apoderou totalmente da situação e entendeu que não tem mais nada a fazer ali, naquele momento.

– Tá aqui.

É o capataz, que está voltando com os frascos de "vitamina" que Patrícia pediu.

– Pra que eu quero isso?

E deixando o pobre coitado ainda mais inseguro e desentendido com os frascos nas mãos, Patrícia empurra-o para abrir passagem e vai saindo...

– Patroa, o que eu faço com os bichos?

– Atira pra matar...

Mas alguma coisa que ela pensa faz Patrícia parar e voltar. O investimento naqueles cachorros já foi muito grande para que ela queira mesmo pôr fim neles assim, na primeira frustração. Patrícia é arrogante e mimada, mas ainda não está queimando dinheiro.

– ... não faça nada. Deixe que eles se cansem. Eu vou mandar vir armas e mais alguém pra guardar o canil com você. Caso eles consigam romper o alambrado, aí sim vocês atiram. Se eles não forem mais rápidos do que vocês, o que é bem provável.

O capataz não gostou nada do que acaba de saber: vai ter que ficar de guarda no canil a noite inteira com aqueles bichos que, ele acha, estão possuídos sabe-se lá pelo quê.

– Mas, patroa...

Não há mais patroa alguma ali para interagir com a tentativa de protesto do capataz. Patrícia já contornou o canil, chegou à lateral do prédio e está indo em direção à entrada do laboratório.

"Bruxa, você não devia ter se metido no meu caminho."

Mesmo tendo se livrado da voz de dona Cida, Patrícia continua assombrada com a experiência que viveu.

"O que foi isso? Telepatia?"

Patrícia tem conhecimento o suficiente sobre o lado estranho do mundo para entender que, se a telepatia não é uma prática usual, isso é uma questão de tempo.

Ainda é pequeno o número de pessoas que conseguem mover as ondas cerebrais para que elas interajam com as ondas cerebrais de outra pessoa e as duas se comuniquem sem nenhum aparelho eletrônico.

E ela sabe mais: isso não tem nada a ver com o sobrenatural. O que assombra Patrícia não é o fato em si. É saber que a extensão do que se pode chamar de poder de dona Cida, de seu conhecimento sobre si mesma, é bem maior do que Patrícia tinha acreditado no começo.

Maior, inclusive, do que o autoconhecimento da própria Patrícia. Ela, por exemplo, ainda não é capaz de se comunicar a distância, como dona Cida; a não ser através de sistemas de comunicação mais convencionais, como telefones celulares, claro.

"Essa bruxa me paga!"

Quando bate a porta de aço que dá acesso ao seu laboratório, Patrícia já traçou em sua mente as diretrizes básicas do que pretende fazer. Depois do barulho da porta batendo, não se ouve mais a fúria dos cães.

O laboratório/escritório, além de tudo, é à prova de som. O ambiente é decorado como se fizesse parte de um filme de ficção científica de alto orçamento. O avô de Patrícia tinha dinheiro suficiente para encher a neta de móveis de aço escovado, estantes de metal leve cromado abarrotadas de caixas de plástico, de vidro e de metal; central com três computadores de tela 3D e acessíveis por comando de voz. E uma estrutura para a hospedagem das cobaias de Patrícia que lembra uma vaga de UTI; com maca, aparelhos para controle de coração, pressão, balão de ar, armários de vidro com equipamentos, remédios e produtos químicos radioativos trancados a sete chaves.

Essa estrutura cheira a nova e está intacta. Foi preparada para receber Lia e ainda espera por ela. Mas não é isso que interessa a Patrícia nesse momento. Ela vai direto para a mesa onde estão os computadores.

A pesquisa para conferir o que pode ter dado errado com as luvas é rápida: nada. Ou melhor, o que aconteceu com essas luvas desenvolvidas e testadas pelo laboratório tão secreto quanto clandestino, que alimenta os países mais bélicos com apetrechos de proteção e de ataque, é inédito.

As luvas nunca falharam. Mesmo quando foram usadas por mercenários africanos para atrair os leões e "orientar" suas ondas cerebrais para atacar os moradores dos povoados que estavam instalados há centenas de anos sobre o petróleo que eles cobiçavam. Mesmo em situações mais "inofensivas", como fazer jacarés assustarem moradores de regiões de terrenos nobres, onde a especulação imobiliária queria se apropriar dos lotes pagando por eles um quarto do que valiam de fato... os cientistas de plantão no atendimento *on-line* do laboratório garantiram e confirmaram, em espanhol, inglês, francês, alemão, persa afegão... (são vários os níveis de comunicação *on-line* para despistar espionagem), que não há nenhuma reclamação ou possibilidade de o produto estar errado. Em todos os idiomas, eles foram categóricos: o erro foi de Patrícia, na hora de programar as luvas.

Como Patrícia "nunca erra" e ela não tem mais repertório e nem vocabulário estrangeiro para continuar ofendendo os cientistas *on-line* do outro lado do mundo (mas do mesmo lado dela na hora de usar a inteligência para destruir), Patrícia encerra o contato, pega a mochila, bate a porta de aço, entra no carro e vai começar a colocar em prática o que elaborou.

– Patrícia!

A exclamação de Lucinha ao receber de volta na pousada a "hóspede tão ilustre" é de total desagrado.

– Como você pode ver, eu não fui comida pelos lobos.

"Sorte dos lobos!"

Claro que esse pensamento Lucinha não divide com Patrícia. Nem teria tempo, Patrícia já debandou da sala, pelas escadas, em direção ao seu quarto.

Para seguir com sua trama, Patrícia precisa que o dia amanheça. Ela pretende não dormir. Na verdade, Patrícia quase nunca dorme. No máximo, de duas a três horas por noite. E quando vai fazer algo que dependa de estar pilhada para ter mais êxito, ela fica sem dormir. O estresse, a irritação dos órgãos vitais... potencializam bastante a bomba prestes a explodir que ela já é.

Passava da meia-noite quando Patrícia voltou da fazenda, o dia no vilarejo começa antes de o sol nascer. Ela nem teve que esperar tanto tempo para começar.

– Tô morrendo de fome.

Será que é porque dorme pouco que Patrícia está sempre reclamando de fome? Enquanto Patrícia devora o café da manhã, o dia amanhece.

– Cadê aquele pentelho do seu sobrinho?

Lucinha não gosta nada de entender que Patrícia começou o dia procurando Pepeu. Ela ainda tenta ser formal.

– Do que você está precisando?

– Quem está precisando é você: de parar de se meter na vida dos outros.

– Meu sobrinho não trabalha aqui.

– Não? E o seu chefe sabe que ele sustenta um moleque que está em fase de crescimento e que come mais do que três hóspedes juntos?

– Como você sabe ser desagradável!

– Tirou as palavras da minha boca. Eu vou escrever para a Holanda, para o dono da sua pousada, e contar pra ele o que a "gerentezinha de quinta categoria" que ele arrumou está fazendo.

– Deixa o meu sobrinho em paz.

– Tarde demais. Ele é que não deveria ter se metido comigo.

E sem dar a menor atenção à frase que Lucinha começa a dizer, Patrícia se levanta, pega a chave do carro em um dos bolsos da jaqueta *jeans* e sai da pousada em direção a seu carro.

– Sabia que não ia ser difícil achar você. Você tá sempre me bisbilhotando.

Pepeu leva um susto. Desta vez, ele é inocente. Só estava pegando a bicicleta para ir para a escola.

– Rápido, vem.

O garoto entendeu muito bem que é para ele entrar no carro.

– Pra onde?

– Sobe logo e não faz pergunta.

Cada frase que sai de Patrícia está deixando Pepeu mais assustado.

– Eu tô indo pra escola.

– Engano seu. Sobe.

A autoridade da voz de Patrícia dói em Pepeu mais do que se ela estivesse apontando uma arma para ele ou puxando o garoto pelo braço.

– O que a senhora quer comigo?

Essa pergunta Pepeu faz quando já está dentro do carro. Patrícia já deu a partida.

– Lá vem ela...

O que Patrícia acaba de dizer é em reação ao que ela está vendo pelo retrovisor do carro: Lucinha vem em direção a ela.

– ... tchau, "gerentezinha" de quinta!!!

É o que diz Patrícia a Lucinha enquanto acelera e põe o carro em movimento.

– Tiiiiia!

Mesmo sem ter a menor ideia do que está acontecendo, o grito de Pepeu é um pedido de socorro.

– Desce do...

A frase de Lucinha, pedindo para Pepeu tentar descer do carro, chega ao garoto pela metade.

– Se eu fosse você, não faria isso...

A frase chegou aos pedaços, mas tanto Patrícia quanto Pepeu sabem que Lucinha sugeriu que o garoto saltasse do carro, enquanto ele ainda estava ganhando velocidade.

Tarde demais! Patrícia acaba de acelerar e já vai longe.

– ... não acredito no que eu estou vendo!

Pepeu começou a chorar. Um choro assustado, aflito, desprotegido, de quem não tem a menor ideia do que lhe espera.

– Eu tô com medo.

– Medo do quê?

O tom de Patrícia é de quem está se divertindo muito com o rumo que as coisas estão tomando.

– Medo da senhora.

– Medo de mim...

Uma gargalhada nervosa e seca para valorizar a vilã que o garoto já entendeu que Patrícia é...

– ... mas o que eu fiz, "neném"?

– Eu não sei pra onde a senhora tá me levando.

O celular de Pepeu toca desesperadamente dentro da mochila. Claro que ele nem se atreve a atender.

– Mas já vai saber.

Limpando a secreção que escorre pelo nariz na barra da camiseta de seu uniforme, Pepeu começa a formular uma hipótese.

– A senhora tá me levando até a casa da madrinha?

Ao ouvir o garoto se referir ao principal "objeto de seu desagrado", Patrícia começa a se aborrecer.

– Perdeu uma grande chance de ficar calado...

É cedo para ela se aborrecer!

– ... melhor não dar mais palpites.

– Eu tenho prova!

– O que eu vou te oferecer é bem melhor do que fazer prova.

Oferecer? Será que Pepeu está enganado? Será que Patrícia está levando o garoto para passear? Pouco provável.

– Pra onde a senhora tá me levando?

– Fica quietinho, Pepeu.

O fato de Patrícia colocar a palavra quieto no diminutivo dá mais uma carga à esperança de Pepeu de que aquela situação não seja um sequestro. Ou algo pior.

– Mas...

– Quietinho.

E Pepeu obedece. Aos olhos dele, Patrícia está como sempre esteve: grosseira, mandona, meio alucinada.

A estradinha de terra e a outra estrada, que vai da pousada até a cidade, Pepeu conhece bem. É esse o caminho que ele faz para ir para a escola.

Além da cidade, Pepeu nunca foi. Lucinha disse que, quando ele tinha uns dois anos e seus pais ainda eram vivos, o garoto foi até a capital. Mas Pepeu não se lembra. Lucinha também já prometeu algumas vezes levá-lo à cidade, para conhecer um cinema, um *shopping*.

"Será que ela tá me levando pra capital?"

Mas, quando Patrícia entra na estrada de asfalto, as placas para a capital ficam no sentido contrário. Depois, na estrada menor que ela pega um pouco à frente, não tem nenhuma placa que ajude a alimentar a fantasia do garoto.

Em seguida, vem uma estrada de terra, outra também de terra e ainda menor. Durante todo o trajeto Pepeu vai calado, olhando o mato seco pela janela do carro e sem ter a menor ideia do que está acontecendo.

"Que portão é esse?"

Quando Patrícia para o carro em frente aos portões de aço, Pepeu acompanha, com os olhos arregalados, os dois seguranças do turno da manhã revistarem o carro com seus detectores.

"Como eles estão armados!"

Um dos seguranças faz sinal para Pepeu abrir a janela. Depois, ele saca um *tablet* do bolso da jaqueta de couro, faz uma foto dele e transmite a imagem. Esse procedimento também faz parte da estratégia de proteção da fazenda, claro.

– É só pra não entrar quem eu não queira.

Se essa satisfação de Patrícia fez Pepeu relaxar, entrar pelos portões, chegar à casa principal da fazenda, se deparar com uma casa daquele tamanho e riqueza, sentar-se à mesa de jantar de doze lugares para comer a mesa de guloseimas e bolos e doces, que ela mandou cozinhar, fez Pepeu se sentir um rei.

– Não se assusta, eles estão presos...

O comentário de Patrícia é porque, todas as vezes que os latidos insistentes dos *dobermanns* chegavam à casa, Pepeu ficava mais arrepiado.

– ... uma fazenda como essa tem que ter cães de guarda.

– Ah.

– Agora, a melhor parte...

Quando Pepeu vê o *videogame* instalado, a televisão que ocupa quase uma parede inteira e tem liberado uns vinte jogos para escolher por onde queria começar, o garoto só falta dar pulos de alegria.

Só lá pelo terceiro ou quarto jogo diferente Pepeu se liga em Patrícia novamente.

– Eu tô sonhando?

– Essa era a minha parte do nosso trato.

Pepeu nem se lembrava mais de que tinha feito um trato, combinado algo com Patrícia.

– Trato?

– Esqueceu que nós temos um trato?

Pela maneira como Patrícia acaba de falar, aí vem coisa. E não deve ser coisa boa, Pepeu já entendeu.

– Tá na hora de você fazer a sua parte, garoto.

Demora pouco tempo para Pepeu entender que estava errado ao chamar aquele momento de sonho. Demora menos ainda para ele ser levado por Patrícia até a entrada do canil. Os cachorros estão muito mais irados do que na noite anterior. Patrícia mandou suspender a ração.

Nesse momento, Pepeu sente uma absurda saudade de sua amiga Cris.

"Será que eu nunca mais vou ver a Maria Cristina?"

Quando Pepeu se dá conta, ele está com o telefone de Patrícia na mão, ouvindo a voz da pessoa para quem ela ligou, enquanto explicava para ele o que tem em mente.

– *... quem é?*

Até agora, a voz do outro lado da linha só ouviu o choro assustado e entrecortado do lado de cá.

– Sou eu, madrinha.

Dona Cida tem dificuldade de reconhecer a voz aflita. Mas ela sente quem é.

– *Pepeu?*

– Madrinha... me ajuda...

– *Onde você tá, filho?*

Dona Cida não tem a menor dúvida de que Pepeu está em perigo...

– ... ela vai me jogar pros cachorros... se a senhora não fizer o que ela quer.

... e ela sabe muito bem que Patrícia não está blefando.

dez

Patrícia faz questão que, durante o tempo que dona Cida levará para chegar, Pepeu fique em pé, o mais próximo do alambrado do canil, em um lugar onde ele ainda consiga se proteger da ferocidade dos cachorros, mas de onde acompanhe o quanto os *dobermanns* estão ávidos por comida e dispostos a atacar. Por alguns minutos eles ficam quietos, como se precisassem recuperar as energias. Mas é só um deles recomeçar a latir ou a rosnar que os outros despertam.

– Quanto mais você se mexer, mais eles vão entender que você tá com medo.

Quem diz isso a Pepeu é o capataz, que Patrícia deixou plantado, armado e orientado a manter o garoto exatamente onde está, enquanto ela faz sabe-se lá o quê/sabe-se lá onde.

– Eu tô com medo mesmo.

Isso é verdade. Pepeu até já molhou um pouco a bermuda do uniforme quando os cachorros ficaram mais alvoroçados. O cheiro de sua urina medrosa deixou os cachorros mais ouriçados.

– Tenta se controlar.

O capataz não é o que se pode chamar de amigo de Pepeu e nem está do seu lado. Mas a conversa entre os dois, depois dessa última hora sozinhos, está começando a fluir.

– Quem é dona Patrícia?

– É o bicho mais ruim que eu já vi.

– Então ela não é veterinária?

– Que veterinária o quê, menino! Ela tá na terra a serviço do coisa-ruim, isso sim. O negócio dela é transformar os animais. Tá vendo esses cachorros? "Tudo" turbinado por ela... mas, se contar que eu disse isso, eu é que te jogo no meio dos cachorros. E pensar que esse mundo de terra e de dinheiro vai ficar tudo pra ela. Só vai aumentar a maldade.

As primeiras frases do capataz deixaram Pepeu mais assustado. A última aumenta sua curiosidade.

– Onde é aqui?

– Vai dizer que você não sabe: a fazenda do Dr. Hercílio, outra praga. Mas a neta é pior.

Pepeu não tem tempo de perguntar mais nada. Patrícia acaba de chegar.

– Que papo-furado é esse?

A chegada de Patrícia deixa os cachorros ainda mais furiosos.

– O menino pediu pra ir ao banheiro, patroa.

Patrícia confere a mancha na bermuda de Pepeu e dá uma risada exagerada e de vilã de filme B.

– Que vergonha, Pepeu! Um menino desse tamanho. A sua madrinha não vai gostar nada de saber disso.

Mudando totalmente o tom, Patrícia avisa. Parece mais uma ameaça do que um aviso...

– A bruxa tá entrando na fazenda, vamos ver se ela gosta mesmo de você.

Quando vê dona Cida se aproximando, acompanhada por outro funcionário da fazenda (quase o dobro do tamanho e da cara de mau do capataz), o garoto volta a chorar e começa a ir em direção a ela.

Dona Cida abre os braços magros para recebê-lo...

– Ah, madrinha...

– Não dá mais um passo, menino.

Dona Cida está assustada; e já entendeu que aquela situação está fora de seu controle.

– Faz o que ela tá falando, filho.

– Tô com medo, madrinha.

– Eu já disse que é pra você ficar quieto.

Enquanto diz isso, Patrícia percebe que os cachorros silenciaram com a chegada de dona Cida. Além de silenciar, alguma coisa mudou no padrão de comportamento deles. Estão mais intrigados. Vasculham com os olhos e o faro dona Cida, como se a estivessem escaneando.

– Não faz isso com o menino, filha.

O tratamento que Patrícia acaba de receber de dona Cida, "filha", a assusta.

– Não me chama de filha.

Fixando os olhos assustados em Patrícia, dona Cida cruza os braços e...

– O que você quer que eu faça?

A objetividade de dona Cida tira um pouco mais o chão de Patrícia. Ela tem que ser rápida.

– Deem o fora...

Tanto o capaz quanto o outro homem evaporam. O movimento deles, se afastando, ouriça os cachorros novamente.

– Me diz, filha, o que você quer que eu faça?

Dona Cida está impaciente, aflita. Ela quer tirar Pepeu o quanto antes desse pesadelo que o garoto já está vivendo há algumas horas.

– Se me chamar de filha mais uma vez, não tem conversa, e você vai ver esses cachorros fazerem com o menino o que fizeram com o meu avô e o delegado.

O que Pepeu acaba de ouvir só piora seu estado de espírito. Ele tem que cruzar as pernas agora, para não se borrar.

– Desculpa.

Soberania é soberania! Nem pedindo desculpas, nem abaixando um pouco a cabeça e diminuindo o volume da voz enquanto fala... nem assim dona Cida parece estar em situação inferior à de Patrícia.

– A senhora...

Não tem jeito! Patrícia não consegue chamar dona Cida de você, como gostaria.

– ... eu quero a Lia...

– Eu não sei onde a Lia está.

– É mentira!

O grito de Patrícia com dona Cida atiça novamente a fúria dos cães. Eles voltam a latir.

– Infelizmente, é a mais pura e dolorida verdade.

Dona Cida não tem mesmo a menor ideia de onde Lia esteja. Nunca mais, depois que foi solta no mato, seja lá o que ela tenha virado, Lia fez nenhum tipo de contato com a madrinha. Se ajudar Pepeu depender disso, o garoto está perdido.

– Como eu já disse, bruxa, eu sou a única pessoa aqui que pode fazer alguma coisa por sua afilhada. O que está acontecendo com ela é inédito e poderá ajudar a mudar a maneira de entender o futuro...

A fala de Patrícia surpreende dona Cida. Ela não esperava ouvir de Patrícia tantas explicações, ainda mais explicações que mostram que as intenções dela não seriam tão más quanto parecem.

Será que não são mesmo?

– ... é muito importante que Lia seja estudada.

– Estudada...

Os latidos dos cachorros estão começando a incomodar dona Cida. Ela nem consegue concluir a frase que começou.

– Estudada, sim, bruxa!

– Sei.

– A sua moral de bruxa do interior pode não acreditar, mas o que me move é o aprimoramento da ciência, do ser humano. Mas agora não tenho tempo de ficar me legendando. Se a senhora não me der a Lia, terá falhado duas vezes: quando não fez nada por ela e agora, deixando esse moleque morrer.

Pepeu volta a chorar.

– Não deixa ela me jogar pros cachorros, madrinha.

A cabeça de dona Cida está começando a ficar zonza, por causa dos latidos e rosnados dos *dobermanns* e pelo desespero de Pepeu.

– Deixa o menino ir embora.

– Quem dá as regras aqui sou eu. Se a senhora blefar comigo, esse moleque vai parar na mandíbula dos cachorros irados... Mandíbula que eu mesma ajudei a aperfeiçoar. Ira que eu mesma potencializei...

– É isso o que você quer fazer com a Lia? Você quer mudar o que a minha menina é?

A zonzeira, por causa dos cachorros, está começando a dar tontura em dona Cida.

– A Lia não pode mais ser chamada de "sua menina"...

É saboreando a crueldade de cada palavra que Patrícia continua.

– ... e, como eu já disse, bruxa, a culpa é toda sua. Da sua fraqueza...

Os cachorros estão cada vez mais irados. Dona Cida, cada vez mais atordoada.

– Escuta aqui, menina...

Fica impossível para dona Cida terminar a sua frase. O latido cada vez mais furioso dos *dobermanns* é ensurdecedor. É por isso que, em vez de continuar falando com Patrícia, ela se aproxima do alambrado...

– Não, madrinha...

... curva os dedos como se eles fossem garras, entrelaça-os nos buracos do alambrado...

– ... não faz isso...

... olha fixamente para o cachorro que chegou mais perto para atacá-la...

– ... eles vão morder a senhora.

– Fica quieto.

É Patrícia quem pede que Pepeu fique quieto. Ela está cada vez mais curiosa e incomodada com o que está vendo.

– Sssssss...

O som sibilado e contínuo que dona Cida lança quase não tem volume. Mas, assim que o identifica, o cachorro para de rosnar, de latir e vai fechando a boca, tão confuso quanto assustado.

Parece que nada disso fazia parte dos planos dele. É o som sibilado de dona Cida de que está comandando o cachorro.

– ... sssssss...

Na segunda vez que emite o som, dona Cida o faz com um pouco mais de volume e segurança. Ela já entendeu que encontrou a vibração de que precisava para ser compreendida.

– ... sssssss...

Quem não está entendendo nada é Patrícia. A reação do primeiro *dobermann* está se espalhando entre os outros. Os rosnados... vão diminuindo... as mandíbulas vão se fechando... as expressões confusas também se repetem... alguns até já se sentaram, como se quisessem descansar.

– Como... fez isso...

Não é uma pergunta. É uma exclamação entrecortada. Exclamação recheada de pânico. Mesmo com Patrícia falando baixo, ao ouvirem a voz dela, dois cachorros que estavam mais próximos ouriçam os pelos.

– ... bruxa...

De repente, Lia deixou de ser o assunto e o interesse de Patrícia. Além de confusa e assustada, ela está se sentindo diminuída, passada para trás, ridicularizada.

– ... explica, bruxa...

O tom de Patrícia assusta dona Cida. Ela sabe que, por sua fragilidade física, por estar refém dentro dos muros da fazenda, por causa de Pepeu... ela está nas mãos da insanidade de Patrícia. E dona Cida conhece o ser humano o suficiente para saber como é perigoso estar refém de qualquer insanidade. Ela sabe que o que menos deve fazer nesse momento é ostentar qualquer tipo de superioridade.

Quando dona Cida tira as mãos do alambrado e vai até Patrícia, ela está torcendo por dentro para que os cachorros voltem a latir. Ela continua com medo de ostentar poder. Mas, infelizmente, não é isso o que acontece. A voz de comando dela foi poderosa.

– Eu... acho que conheço... um pouco os bichos.

– "Conhece", bruxa? Controla.

– Não é nada disso.

A vergonha, o constrangimento, a contrariedade... estão deixando Patrícia cada vez mais alucinada...

– Que poder é esse?

... e violenta...

– ... hein, bruxa?

– Não tem poder nenhum.

Dona Cida ainda está tentando simular alguma tranquilidade. Mas, por dentro, ela está ficando cada vez mais desesperada. Ela já sabe que o que está acontecendo não vai acabar bem.

– Como você controla os cachorros?

Que força têm as palavras. Por incrível que possa parecer, liberar o tratamento "você" alivia Patrícia, dá a ela mais autonomia; o que não tem nada a ver com sanidade.

– Que truque é esse?

– Não tem truque nenhum.

– Ah, não...

Mesmo antes de pendurar o til sobre o *a* de seu "não", Patrícia já começa a abrir os trincos do canil.

– ... tem certeza...

Os cachorros que tinham sentado se levantam, entram em guarda, distribuindo o peso sobre as quatro patas...

– ... vem cá, menino.

O último trinco já foi destrancado. Claro que o que ele acaba de entender aterroriza Pepeu.

– Madrinha...

Dona Cida não consegue dizer nada. Suas pernas estão tremendo, seu coração sofrido vai saltar pela boca.

– ... por favor, madrinha...

Vendo que Pepeu não consegue dar nem um passo, Patrícia resolve ajudá-lo. Vai até ele, puxa o garoto pelo braço magro, volta até a porta do canil...

– ... vamos ver se a bruxaria da sua madrinha te salva.

... abre a porta e empurra Pepeu para dentro. Os cachorros começam a se alvoroçar...

– ... ma-ma... dri... nhaaaa...

Dentro de seu choro babado e aterrorizado, o garoto cruza os braços, fecha os olhos e fica esperando a primeira mordida... que não vem.

Em vez de morder Pepeu, os três cachorros que estavam mais perto da porta cheiram os tênis, as canelas finas de Pepeu... e voltam para o lugar onde estavam, totalmente desinteressados nele.

– O que é que você fez, bruxa...

Patrícia está se sentindo totalmente desmoralizada. Pepeu começa a abrir os olhos. Mesmo eles estando parados, silenciosos e tendo ignorado a possibilidade de devorá-lo, Pepeu não pode dizer que esteja se sentindo à vontade, ou que esteja fora de perigo.

– Sai daí, filho.

O pedido de dona Cida é discreto e baixo. Como se ela achasse que fosse possível Patrícia não estar ouvindo. O garoto vai andando em direção à porta do canil devagar, temendo que seus movimentos mudem a intenção dos cachorros. Mas ele consegue chegar até a porta, abri-la e sair do canil, sem que os cachorros ou Patrícia o impeçam.

Patrícia, nesse momento, não é mais capaz de proibir nada. Mas Pepeu ainda não percebeu isso.

Quando Pepeu abraça dona Cida, ele a escuta dizer uma frase que volta a assustá-lo.

– Não...

É com Patrícia que dona Cida está falando. A advertência é porque Patrícia anda em direção à entrada do canil. Em transe. Como um sonâmbulo andando por uma ponte de onde saltará.

– ... não faz isso, filha...

É tarde. Patrícia já entrou no canil.

– ... não.

Em um gesto ingênuo de mãe zelosa, dona Cida tapa os olhos de Pepeu para tentar que o garoto não veja os detalhes dos *dobermanns* estraçalhando Patrícia, com a mesma ferocidade que estraçalharam o delegado e seu avô.

E a chuva finalmente desaba.

A chuva forte que desaba sobre o pajé em nada prejudica seus passos pelo mato. Ao contrário, até o alivia.

– Livres...

O que o pajé acaba de dizer só faz sentido para ele; mas mostra que a chuva é sinal de que o que faltava acontecer já aconteceu.

– ... finalmente, esse lugar vai voltar a respirar.

O pequeno toldo desgastado e furado sobre o batente da porta do bar fechado é o suficiente para proteger o pajé. Proteção desnecessária. Ele já está todo molhado.

Quantas horas se passaram com o pajé sozinho ali, até que o carro parasse em frente ao bar? O pajé não conta o tempo em horas. Ele também não acha estranho que o carro de onde dona Cida e Pepeu estão saindo seja da fazenda do Dr. Hercílio.

O guarda-chuva foi uma gentileza do capataz que está dirigindo a caminhonete.

– Obrigada.

– A senhora tem certeza de que o menino tá bem?

Pepeu continua abraçado a dona Cida, quieto, eletrizado e assombrado com o que viu acontecer.

– Ele vai ficar bem.

– Quer que eu leve o Pepeu pra pousada?

Pepeu se abraça com mais força a dona Cida.

– Não quero ir com esse cara não, madrinha.

Abraçando o garoto com mais força, ela sorri para ele...

– Fica tranquilo...

... e responde ao capataz:

–... depois eu levo o menino. Agora, ele vai ficar comigo, me ajudar no almoço, não é, Pepeu? Prometo que eu vou caprichar no seu prato de arroz com pequi. Hoje, você merece!

A fala doce e segura de dona Cida deixa o garoto um pouco menos tenso. Ela volta a falar com o capataz...

– Se precisar de mim pra alguma coisa, pra depor, é só chamar.

– Obrigado, dona Cida. Eu vou chamar o advogado da patroa, ele que se vire. Mas o pior já passou.

O agradecimento do capataz é aliviado. É como se a morte de Patrícia tivesse tirado um pesadelo de sua vida.

– Tem razão, filho. O pior já passou.

O carro vai embora devagar. Dona Cida não estranha a presença do pajé.

– Vamos entrar...

Até que o macacão e a camiseta que dona Cida ofereceu ao pajé, depois que ele se secou, ficaram bem.

– Essa roupa era do Seu Jurandir, não sei se o senhor se lembra dele. Um ajudante do pai do Juca, pra quem eu aluguei o quartinho lá do fundo uns tempos. O Seu Jura nunca veio buscar as coisas dele.

O pajé não está interessado na trama paralela do Seu Jurandir.

–... a senhora pode falar comigo?

Pepeu já entendeu que a conversa não é para ele.

– Madrinha, posso deitar na cama que era da Lia pra ver televisão?

O garoto sabe que, desde que Lia sumiu, o quarto dela continua intocado. Mas hoje é um dia especial e dona Cida quer ajudar o garoto a se "desassustar".

– Pode, filho.

– Será que eu posso pegar também alguma bermuda da Lia, essa minha tá com cheiro de xixi. Acho que vai servir.

O pajé está começando a ficar impaciente. Ele já entendeu que Pepeu, mesmo estando ainda sob efeito do susto, está curiosíssimo para saber o porquê da visita dele.

– Vai logo com isso, menino.

Dona Cida acha graça na impaciência do pajé. Parece que as coisas estão mesmo voltando aos seus lugares.

– Pode pegar a bermuda, filho.

Assim que Pepeu entra no quarto, dona Cida vai com o pajé para a cozinha.

– Eu vou passar um café.

Enquanto prepara o café, dona Cida conta ao pajé o que acaba de acontecer e que os dois entendem como a conclusão de um ciclo.

– ... bem que eu gostaria de dizer o fim de um problema, dona Cida. Mas, com o mundo que vem aí, eles estão só começando.

– Eu sei, pajé. Eu sei.

Dando goles curtos no café quente para não queimar a boca, o pajé começa dizer ao que veio...

– O menino que ajudou a Lia...

Ao ouvir o nome da Lia contextualizado ao episódio de quando ela desapareceu, dona Cida sente um aperto no coração. Aperto de saudades. Os olhos dela se enchem de lágrimas.

– O senhor achou o menino? Ele sabe onde está a minha menina?

– Uma coisa de cada vez.

– Desculpa.

– O menino me achou...

O pajé tenta fazer um resumo não muito longo, mas detalhado, do que ouviu de Rafa. Até que o pajé é eficiente para resumos curtos e, ao mesmo tempo, abrangentes.

A cada nova frase, dona Cida fica mais emocionada e sua saudade de Lia vai aumentando.

– ... o tal Rafa fez isso, traiu a quem ele devia a vida, pra ajudar a minha menina?

– Sim, senhora.

– Que coração bom ele tem.

– De que adianta ter coração bom, se não bate?

O pajé continua bem incomodado com a inusitada situação de Rafa.

– Por que ele fez isso?

– Acho que, tanto quanto nós, dona Cida, ele não confiava que as intenções do domador fossem ser boas pra Lia.

– E o que vai ser dele agora?

– Foi por isso que eu vim falar com a senhora.

Só agora dona Cida começa a se recuperar da surpresa de saber que, graças a esse rapaz que ela não conhece, Lia escapou primeiro dos péssimos planos de Patrícia ("Que Deus a tenha!") e, depois, das péssimas intenções do dono do circo que, mesmo usando outras "ferramentas", tinha propósitos parecidos com os dela.

"Ah, minha menina! Onde será que você está agora?"

– Eu vou fazer o que eu puder por esse menino.

Claro que era exatamente isso o que o pajé esperava ouvir de dona Cida.

– Eu vou tentar ajudar a senhora.

O raciocínio de dona Cida esbarra em um obstáculo. Ela sabe que o pajé tem muito mais recursos para lidar com o imponderável e, como bem disse o domador do circo, para lidar com o que ficou para fora do ponto inaugural da matemática e da lógica, do que ela.

– Mas espera: se o pajé não conseguiu...

Os olhos do pajé estão tristes e confusos. A impotência em relação à situação de Rafa o deixou de raciocínio atado.

– Eu nunca vi nada igual, dona Cida.

– Nem eu.

– Mas eu já vi...

Quem diz isso é Pepeu, que não aguentou ficar sem ouvir a história que o pajé tinha para contar. A empolgação dele é tanta com o que tem a dizer que parece que Pepeu já reconfigurou totalmente o trauma de ter visto Patrícia ser devorada pelos cachorros.

– ... desculpem que eu tenha ouvido a conversa. Mas acho que foi porque eu posso ajudar que a minha curiosidade ficou me coçando lá no quarto.

Não há nenhuma razão para ninguém repreender Pepeu.

– Viu o quê?

– Tudo.

– Como assim?

– Um dia, eu e a Cris... nós fomos até o circo...

Falar o nome de Cris faz Pepeu engolir seco uma saudade que ele está tentando fingir que não está sentindo.

– Encurta essa conversa, menino.

– Não estressa, pajé. Eu vi o aparelho que o Rafa disse que o domador fez, vi o Rafa sentando na cadeira antiga e cheia de fios, parece cadeira de dentista. Vi até o domador programar os botões, amarrar uns troços nele e vi o cara tomar o choque e ficar caidão...

A cada vez que Pepeu repete o verbo ver, ele fica mais pilhado. Parece até que é ele quem está tomando o choque.

– Deixa de ser mentiroso, menino.

Como Pepeu não gosta de ser chamado de mentiroso e tem como provar o que está dizendo...

– Mentiroso?

... ele corre até o quarto, pega o celular na mochila e já vem pelo caminho tentando localizar em seu banco de imagens e fotos o arquivo da cena que acaba de descrever.

– ... tá aqui.

Enquanto abre o arquivo, Pepeu se lembra de um detalhe importante.

– Só que tem uma coisa: vocês não vão ver o domador, só o Rafa e a cadeira.

Conferindo as três fotos em sequência, dona Cida e o pajé veem exatamente o que ele disse (Rafa, a cadeira, os fios...) e, exatamente como Pepeu também falou, não veem o domador do circo.

– Como é que o domador faz isso?

A pergunta é de dona Cida. E Pepeu...

– Nesse dia, eu tentei falar com o Juca, que é indígena e tal, mas ele também não sabia que era possível alguém impedir que sua imagem seja gravada.

– Claro que é possível.

A frase do pajé é meio brava; e, pela expressão dele, não parece que o pajé queira dar mais detalhes sobre isso. O assunto principal ali é outro. E quem leva o assunto adiante é Pepeu...

– Acho que, com essas fotos mais o que o Rafa sabe, temos um ponto de partida pra tentar fazer outro aparelho que consiga manter o Rafa funcionando.

Ninguém se surpreende com o fato de Pepeu ter terminado sua última frase com a palavra "funcionando" para se referir à maneira para Rafa continuar vivendo.

As estranhezas, ultimamente, são tantas que não estranham mais. Dona Cida e o pajé estão ligados é na possibilidade de um ponto de partida.

O que acaba de acontecer e o que ele acaba de dizer deixam Pepeu bem empolgado!

– Posso voltar para o quarto?

Dona Cida estranha o tom misterioso de Pepeu; especialmente por ele tentar camuflar uma certa empolgação.

– Pode. Mas se comporta, menino arteiro.

Pepeu já não está na sala para ouvir ser chamado de arteiro. Assim que entra no quarto, ele pega o celular e confere...

"Ela tá *on-line*!"

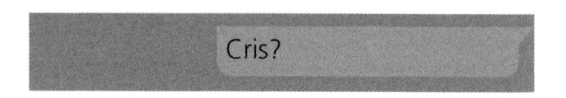

Não leva nem dois segundos para Cris responder.

Mesmo a mensagem sendo seca, pela rapidez Pepeu entende que Cris estava esperando uma mensagem dele.

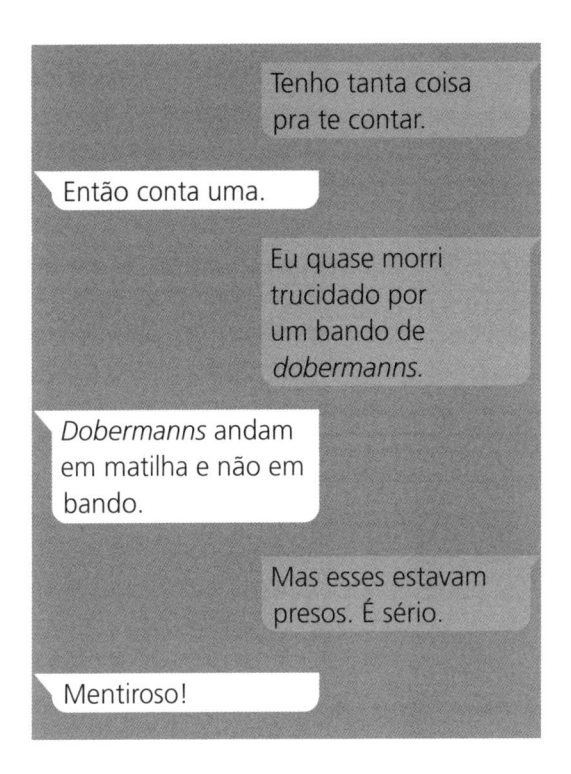

Tenho tanta coisa pra te contar.

Então conta uma.

Eu quase morri trucidado por um bando de *dobermanns.*

Dobermanns andam em matilha e não em bando.

Mas esses estavam presos. É sério.

Mentiroso!

Não incomoda em nada Pepeu ser chamado de mentiroso por Cris; ele sabe que isso não é verdade.

Eu posso provar.

Então, prova.

Quando?

Agora.

Onde?

Onde você quiser!

Pepeu quase não cabe em si de alegria, quando digita...

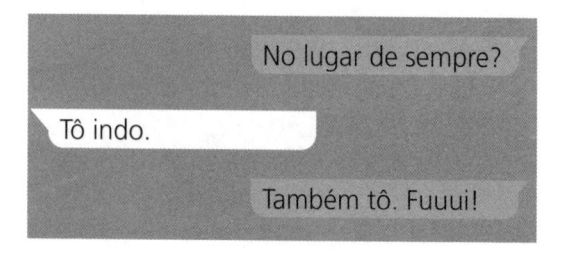

No lugar de sempre?

Tô indo.

Também tô. Fuuui!

O Caio que sai do *flat* de Billy está muito menos turbulento e desassossegado. E muito mais triste. O que Caio leu, o que ele encontrou nas pesquisas de Billy e o que ele está sentindo deram um lugar à sua angústia. Um lugar desconfortável. Mas, pelo menos, um lugar.

Agora Caio pode elaborar um pouco melhor, na cabeça e no coração, sua estranha condição. Um ser misturado. Meio bicho, meio gente? Ainda inominável. Desconhecido. Com possibilidades que Caio não sabe dimensionar ao todo.

Um ser inominável e desconhecido que, ao sair do *flat*, ficou vagando pela cidade barulhenta, malcheirosa, embrutecida, que trata mal as pessoas, poluída, violenta e vigiada... até a noite cair.

Quantas câmeras de segurança externa acusaram aquele estranho garotão, tão lindo quanto abandonado, arrastando as solas dos tênis pelas calçadas esburacadas com ar de perdido? Sem rumo, sem comer, como se esperasse ajuda... e segurando uma camiseta com manchas escuras.

As câmeras não devem ter entendido nada quando a noite chegou e elas registraram Caio fazer uma fogueira em um beco para queimar a camiseta suja de sangue.

O dinheiro ainda dá para pagar um hotel barato. Caio dorme até o começo da noite do dia seguinte.

E acorda assustado...

– Alô?

... suado e intrigado com o que acaba de fazer. Ele acordou interagindo com uma chamada telefônica que não recebeu. Tem um chamado chegando para Caio. Mas ele não vem por satélite.

"Tô indo."

Essa resposta, sem som, que Caio acaba de emitir, ele espera que chegue a quem o está chamando. O cara ainda não tem muita experiência e controle para esse tipo de comunicação. Recepção vazia. Noite escura. Calçada vazia. Relógio digital no alto de um prédio marcando 52H78MIN. Caio sente um alívio. O relógio também resolveu se rebelar contra sua natureza e foi além do tempo combinado.

Mais calçadas. Ruas quase desertas.

"Tô indo."

Na segunda vez que Caio pensa isso, ele não está mais respondendo a nenhum chamado. Ao contrário, é ele quem está chamando, pedindo que seja esperado. O medo de que não seja atendido faz Caio apertar o passo, errar algumas ruas, mas ele acaba chegando.

Mesmo o parque agora estando aberto a noite toda, ninguém se atreve a ir até lá nesse horário; a madrugada assusta.

A alameda aonde Caio acaba de chegar nem é das mais afastadas. Ao ver o vulto sentado em um dos bancos, Caio sente raiva. Quando se aproxima, vai ficando furioso e começando a desenhar a sua vingança.

Quando ele finalmente se aproxima e vê o corpo esguio sentado com os pés no banco, os braços magros cruzados em volta dos joelhos segurando as pernas, e o par de olhos verdes brilhantes saltando abaixo de uma cabeleira *black power* em direção a ele... tudo o que é fúria e vontade de se vingar se evapora.

Caio fica de novo aliviado.

– Você não vai acabar comigo?

A voz de Lia está mais rouca e atrevida do que sempre foi. O *short jeans* é bem curto, nem dá para saber a cor dos tênis de tão surrados, e a camiseta regata vermelha não tem nada de especial.

Pelo visto, Lia se recuperou da doença nos rins e dos outros males que a faziam definhar. Ela está linda de novo.

– Vai adiantar eu fazer alguma coisa contra você?

Caio senta-se ao lado de Lia. Fica um longo silêncio.

– Eu estava desesperada quando ataquei você.

– Não é de se estranhar. Esquece isso.

Lia continua achando bem estranho o comportamento de Caio. Ela esperava pelo menos uma bronca. Sem saber o que dizer, ela sorri. Os dentes dela estão ainda mais brilhantes e cristalinos.

– Expulsos...

O que Caio tinha pensando em dizer é "Expulsos do paraíso". Mas ele não acha que seja o caso.

"Expulsos da humanidade?"

Essa frase também não dá conta da condição dele e de Lia. É melhor deixar o final da frase no ar.

– Você também ficou doente?

– Doente dos rins?

– É.

– Não cheguei a ficar doente como você. Se tive infecção, não foi muito forte.

– Se ficar doente, eu sei como ajudar.

– Valeu.

Ninguém sabe como continuar a conversa. Só depois de algum tempo Caio consegue engatar uma pergunta.

– Como é que você veio até aqui?

– Andando.

– É muito longe.

– Vim pelo mato, devagar. Não é tão longe assim. Pra gente, agora, não é tão longe.

– Você atacou?

– Vi um monte de notícias de que eu tinha atacado, mas é tudo mentira. Eu só pegava comida. Ah... depois de um tempo, você vai voltar a comer... Não quero mais atacar.

– Eu também não ataquei.

O que ela acaba de ouvir deixa Lia mais aliviada. Quase feliz. Mas logo aparece uma dúvida.

– Você quer atacar, Caio?

– Não.

Nem Lia e nem Caio ignoram que o que ele acaba de dizer não está sob seu controle.

– Eu estava com medo...

– Fala, Lia.

– ... de que você já tivesse atacado e se ajeitado.

– Me ajeitado?

– Nós temos que ficar juntos. Só nós dois.

Caio não sabe como interagir com o que acaba de ouvir. Para ele, a conversa com Lia está bem travada. Por que Lia veio até ele? Para se acasalar? Constituir família? Formar um grupo? Povoar a Terra? Se proteger? Seja o que for, essa situação, por enquanto, é desconfortável para os dois.

Um pouco mais acostumado com a presença de Lia, Caio consegue ver, dentro da beleza dela, tristeza. Uma tristeza profunda, de quem se sente totalmente perdida. De quem não tem ao menos ideia de como dar mais nenhum passo. Bem parecida com a tristeza dele, diga-se de passagem.

Para Caio, a presença do único ser no mundo que ele sabe estar em uma situação parecida com a sua é reconfortante.

– Nós não podemos ficar aqui.

Ao ouvir isso, os olhos de Lia se arregalam, assustados.

– Eu não quero voltar pro mato.

– Aqui não tem lugar pra nós.

– Nem lá.

– Calma!

O pedido de calma de Caio é porque Lia está começando a chorar.

– Eu não vou voltar.

– Eu não posso levar você pra casa dos meus pais. Nem eu, sozinho, posso voltar mais pra lá.

– Por que não?

– Tá maluca?

– Você inventa uma história.

– Sem chance.

– Mas o que vai ser de nós?

Até que esse papel que Lia está oferecendo a Caio, de líder dessa pequena alcateia, o agrada.

– Não faço a menor ideia.

– Nem eu.

– Vamos aprender juntos. Vem comigo.

Sem saber se Lia concordou em ir com ele, Caio se levanta do banco e sai andando pela alameda escura do parque. Depois de alguns passos, ele começa a sentir o calor de Lia se levantando e indo em direção a ele.

Sem olhar para trás, Caio diminui o passo para que Lia o alcance.

Doc,

você já esperava por isso: voltar da corrida e encontrar seu apê e seu *laptop* vasculhados. você queria isso. no fundo, você estava com medo da nossa conversa. você estava com medo de mim, da minha reação. foi por isso que, antes de sair, você deixou o *laptop* com a senha desabilitada e entrou no quarto pra me dar um sinal de que estava saindo, não foi? pra eu chegar sozinho ao que precisava saber. se não foi isso, você é muito otário, cara. ou muito esperto? não sei mais como olhar direito para as coisas; e você deve saber disso melhor do que eu. que eu perdi o foco. depois de tudo o que eu li no *laptop* sobre a sua pesquisa a meu respeito e a respeito do que está tomando conta de mim, depois de conhecer a sua opinião, sou obrigado a reconhecer que o Doc deve estar achando que sabe mais sobre mim do que eu mesmo. talvez até saiba. mas não deve saber por que eu fui embora, sabe? porque a história que você formulou sobre mim, uma história bem maluca!, não me interessa em nada. sabe por quê? porque você tenta decifrar, nominar o que está acontecendo comigo e com a Lia com uma ciência ainda incapaz de nos entender. duvido que o Doc acredite na metade das coisas que escreveu. você me trouxe para sua casa na esperança de colher o meu sangue, para acompanhar a 'evolução' do outro sangue que tá se misturando a ele e ver que bicho ia dar, exatamente como você fez com a Lia. era ou não era, Doc? eu li toda a sua pesquisa com o sangue da Lia, as diversas fases. o sangue seco dela que você encontrou na minha camiseta, depois que a Lia me atacou. a estranheza de encontrar um sangue com proteínas e linfócitos não encontrados em humanos, só em animais. a evolução de sua pesquisa, com o sangue da Lia, desde que ela começou a ficar doente, internada no seu hospital, quando o metabolismo da Lia ainda estava se reconfigurando com essa variação e se acostumando a irrigar o coração e os outros órgãos com esse sangue mais encorpado. depois, quando o sangue se alterou de novo, quando você detectou pelo sangue e pela urina a doença nos rins da Lia. doença causada por vermes gigantes que, até onde se sabe, só atacam os rins dos lobos. essa distinção 'até onde se sabe' é sua, Doc. foi ela quem me fez achar você mais simpático, sabia? dando à precariedade da ciência a possibilidade de estar errada. tá me achando muito arrogante em chamar a ciência de precária? pois ela é mesmo, cara. ela ainda não sabe nada sobre pessoas como eu, como a Lia. sobre isso que está tomando conta de nós. eu escrevi pessoas. acho que não dá mais para nos chamar de pessoas. hein, Doc? nossa configuração é outra. e não é dizendo que meu sangue é tipo 'A' positivo e o dela era 'O' negativo e que foi deixando de ser negativo, mas não virou positivo, que você vai reconfigurar nada. você não vai acompanhar a mutação do meu sangue como fez com a Lia. não vou dar esse gosto à sua ciência. eu não vou deixar. e se você me procurar de novo, eu te estraçalho e isso não é uma metáfora. você não tem direito de me vasculhar ou de vasculhar a Lia. você não tá fazendo isso por nós, para aliviar o nosso sofrimento. essa ciência que você segue não vai dar conta do meu sofrimento. não há teste de DNA. nem ciência, neurociência. nem religião, Doc. o negócio aqui é mais complicado. melhor eu dar o fora. tô sentindo que você tá voltando pra casa. entendeu o que eu escrevi? sentindo. é isso aí, eu tô sentindo a sua aproximação. e eu não tenho GPS nem nada, Doc. é o bicho que eu tô virando que tá sentindo. como? não faço a menor ideia. você faz? o que eu sei é que é melhor eu dar o fora. tô com muita raiva de você. de saber que você prorrogou o sofrimento da Lia para aprofundar a sua pesquisa. que você me procurou e me acolheu só pra vasculhar o meu sangue. tô avisando mais uma vez. nunca mais me procura. e torce pra eu suportar não voltar aqui e acabar com você. fui.

Caio

Emerson Charles

Toni Brandão é um autor multimídia bem-sucedido. Seus livros ultrapassam a marca de dois milhões e meio de exemplares vendidos e discutem de maneira bem-humorada e reflexiva temas próprios aos leitores pré-adolescentes, jovens, e as principais questões do mundo contemporâneo. Seu *best-seller* *#Cuidado: garoto apaixonado* já vendeu mais de 300 mil exemplares e rendeu ao autor o Prêmio APCA (Associação Paulista de Críticos de Arte).

A editora Hachette lançou para o mundo francófono a coleção adolescente Top School!. No teatro, além do êxito ao trabalhar em seus próprios textos, ele adapta clássicos como *Dom Casmurro* e *O cortiço*. Em breve, Toni lançará um novo romance, *Dom Casmurro, o filme!*.

A versão cinematográfica de seu livro *Bagdá, o skatista!* recebeu um importante prêmio da Tribeca Foundation, de Nova York, e foi selecionada para o 70º Festival de Berlim. E outros livros do autor terão os direitos adquiridos para o mercado audiovisual, como o romance *DJ – State of chock*, *#Cuidado: garoto apaixonado*, *O garoto verde* e *2 x 1*.

Toni criou, para a Rede Globo de Televisão, o seriado *Irmãos em ação* (adaptação de seu livro *Foi ela que começou, foi ele que começou*) e foi um dos principais roteiristas da mais recente versão do *Sítio do Picapau Amarelo*.

Site oficial de Toni Brandão: www.tonibrandao.com.br.

Arquivo pessoal

Mauricio Negro é paulistano, criado nos arredores de Cotia. E por vezes também no litoral. Sob o sol, garoa ou chuva forte, percorreu muita trilha nas bibliotecas verdes da Mata Atlântica. Leitor desde cedo, projetou-se como ilustrador, escritor e designer gráfico. Há anos colabora com projetos relacionados à natureza e às matrizes culturais profundas brasileiras. Autor de vários livros ilustrados, consultor editorial de Literatura Indígena, membro do conselho diretor da Sociedade dos Ilustradores do Brasil, recebeu diversos prêmios e menções, e tem participado de exposições, catálogos e eventos no Brasil e no exterior.

Leia também de Toni Brandão

Os recicláveis!

Os recicláveis! 2.0

O garoto verde

Caça ao lobisomem

Aquele tombo que eu levei

2 x 1

#Cuidado: garoto apaixonado

#Cuidado: garotas apaixonadas 1 – Tina

Guerra na casa do João

O casamento da mãe do João

Tudo ao mesmo tempo

A caverna – Coleção Viagem Sombria

Os lobos – Coleção Viagem Sombria

Perdido na Amazônia 1

Perdido na Amazônia 2